Historias misteriosas
de los celtas

Run Futthark

HISTORIAS MISTERIOSAS DE LOS CELTAS

© Editorial De Vecchi, S. A. 2018
© [2018] Confidential Concepts International Ltd., Ireland
Subsidiary company of Confidential Concepts Inc, USA
ISBN: 978-1-68325-856-8

ÍNDICE

INTRODUCCIÓN 11

LOS ORÍGENES DE LOS CELTAS 13
Los ligures 13
Aparición de los celtas. 15

LAS MISTERIOSAS TRIBUS DE LA DIOSA DANA 19
Los luchrupans 19
Los fomorianos 20
Desembarco en Irlanda, «tierra de cólera» 23
Contra los curiosos fomorianos 24
Segunda batalla de Mag Tured 25
Grandeza y decadencia 27
La presencia de Lug 29
El misterio de los druidas. 30
En busca de un saber antiguo 32
La Galia 33
Setos, taludes y fosos: ¡la herencia de los celtas! 35

DIOSES Y HÉROES DE LA MITOLOGÍA CELTA 37
Abarta 37
Aed Ruad 38
Aengus. 38
Afang Du 38
Aife. 38
Ailill. 39
Aine. 40

Airmed. 40
Amaethon. 40
Amairgin. 40
Arawn 41
Arianrhod 41
Badb 41
Badurnn. 42
Balor 42
Banba 42
Banshee 43
Belenos 43
Blathnat 43
Blodeuedd 44
Boadach. 44
Boann 44
Bran Bendigeit. 45
Bran Mac Febail. 45
Brigitt 46
Buan 46
Caer 47
Calatin 47
Camall Mac Riagail. 47
Cathbad 47
Cernunnos 48
Cerridwen. 48
Cesair 49
Cethern 49
Cian 49
Cithruadh. 49
Cliodnu 50
Conaire Mor 50
Conchobar Mac Nessa 51
Conlé Can 51
Conn Cetchathach 51
Cormac Mac Airt 52
Corrann 52
Creidhne 52
Cridenbel 52
Cuchulainn 53
Curoi Mac Daere 54

Dagda 54
Dana 55
Demné 56
Derbforgaille 56
Diancecht 56
Elcmar 57
Esras 57
Étain 57
Fergus Mac Roth 58
Fianna 58
Fingen 58
Finn Mac Cool 59
Fintan 59
Fuamnach 59
Gilla el Duro 60
Gilwaethwy 60
Gobniou 61
Goedel Glas 61
Govannon 61
Gris de Macha 62
Gwion Bach 62
Gwyddyon 63
Indech 63
Ingcel 63
Konerin 63
Ladra 64
Laeg 64
Lam 64
Ler 64
Lew 65
Lug 65
Mac Ceth 66
Macha 67
Maedlun 67
Manannann Mac Ler 68
Math 68
Medb 69
Miach 69
Mile 69
Mogh Ruth 70

Morrigan 70
Nuada 70
Ogma. 71
Partholon 72
Pryderi 72
Pwill 73
Riahnon 74
Ronan 74
Ruadan. 74
Scathach. 75
Scotta 75
Sencha 75
Taliesin 75
Tuan Mac Cairill. 76
Tuirenn. 76
Uath Mac Immonainn. 77

NUEVO DIOS, NUEVOS HÉROES. 79
¿Por qué se produjo la decadencia? 79
Frente a los misioneros 81
San Patricio. 83
En la Armórica.. 86
Resistencia 87
Iglesia celta de Bretaña 88
Gargantúa. 90
Unos «gigantes». 95
Bretaña 96

DIOSES CELTAS, HÉROES ARTÚRICOS 99
Merlín 100
Arturo 103
Los caballeros de la Mesa Redonda 106
Ginebra 109
Morgana. 112
Viviana 116
Lanzarote del Lago. 119
Excalibur 123
El grial 123
Tristán e Isolda. 128
La muerte. 131

Druidas: vínculos entre los vivos, los muertos y los dioses... 133
El Otro Mundo, el *Sid*, Avalón, *Tir-Na-Nog...* 136
Cruz céltica............................. 137
El Anaon 139
Sueño y ensoñación, los hitos de la «pequeña muerte» 140
Periplos sagrados y conocimiento................ 143
En Bretaña.............................. 146
La peregrinación más antigua a lomos de la sierpe celta 148
Locronan: entre druidas y San Ronán............. 149
El monte Saint-Michel-de-Brasparts:
     ¡una montaña sagrada!................... 150
En plena tierra, la colina Saint-Michel 152
El monte Dol: ¡San Miguel contra el diablo! 153

LOS CELTAS Y CELTIA EN LA ÉPOCA MODERNA 155
Nuevos bardos........................... 156
TV Breizh.............................. 160
La renovación de la cultura bretona 162
Nuevos héroes........................... 162
Países................................ 166

CONCLUSIÓN............................. 171

BIBLIOGRAFÍA............................ 175

INTRODUCCIÓN

Largas filas serpentean por una verde llanura. Los interminables reptiles ondulan al ritmo de los caballos que avanzan al paso. Forman el grupo valientes guerreros de piel curtida y brillante, bellas jóvenes de gesto hosco y altivo, mugrientos niños de corta edad. Algunos caballos de poca altura cargan con diversos objetos: leña, armas, tela de lino o de cáñamo, cuerdas, sacos de alimento... Es evidente que el viaje se prevé largo. Por la mañana, a la hora en que sale el sol, la compañía se pone en movimiento en un confuso trajín. Se apagan las hogueras, los caballos agrupados se dispersan poco a poco en sinuosas filas, en ruta hacia poniente. Estas tribus nómadas llevan ya varias lunas por los caminos.

Como aves migratorias, alcanzan regiones que no conocen, que nunca han visto, pero presienten que serán como remansos definitivos para la salvación de su pueblo. Es una especie de trashumancia magnética, recurso obligatorio para el futuro de estas poblaciones dispares, vinculadas entre sí por la lengua, las creencias, las costumbres y los ritos sociales.

De vez en cuando los chamanes consultan las estrellas, tiran al suelo un puñado de huesos y tratan de leer el futuro. Informan a los jefes y, entre todos, toman las decisiones. ¡El viaje debe continuar!

Hay que remontarse a tiempos muy remotos para hallar el origen de los celtas. Hace cinco mil años, unos clanes heteróclitos abandonaron una región del norte de Eurasia. ¿A causa de un cambio de clima? ¿Por el ataque de otro pueblo? Las razones se desconocen; se trata de un periodo confuso. Lo que se sabe es que en la época mesolítica estas gentes vivían de la recolección y de la caza. En el Neolítico se organizó la agricultura.

Así pues, nos hallamos en tiempos lejanos, aproximadamente entre el año 1000 y el 800 a. de C. Durante siglos, este increíble éxodo se ha ido desarrollando por todo el continente europeo, desde las costas bálticas hasta España, la Galia y sus orillas atlánticas y, por supuesto, más allá del canal de la Mancha... Estos grupos de hombres y mujeres llegados del este del continente, en los límites de Asia, formaron poco a poco nuevos pueblos, entre los cuales se cuentan los ligures. No era una verdadera invasión en el sentido militar del término, sino más bien una búsqueda de nuevos lugares para implantarse, vivir y fundar un hogar, una familia.

A su llegada, estas tribus hallaron habitantes autóctonos zafios y salvajes, a veces más rudos que ellos mismos. Los enfrentamientos fueron escasos y, en conjunto, la integración se llevó a cabo de forma lenta y segura, en detrimento indiscutible de los primeros ocupantes, que se diluyeron por completo en el seno de los que llegaban.

Los recién llegados encontraron cosas muy extrañas. En sus caminos, llenos de baches, se cruzaron, cada vez más a menudo, con curiosas construcciones, monumentales hitos de piedra: aquí, un menhir que se erguía hacia los cielos; allá, un túmulo de entrañas negras como una caverna o, mejor, como un útero... Era evidente que unos pueblos más sabios que sus nuevos vecinos habían levantado los monolitos, pero ¿qué pueblos? Lo ignoraban, como nosotros, hombres del siglo XXI.

La extraordinaria aventura de estos nómadas estaba escrita en las primeras páginas de un libro voluminoso que no acaba de contar su fabulosa epopeya a través de los milenios. La epopeya de una civilización brillante, inalterable y persistente, pero también en perpetua evolución, con la capacidad de mantener lo esencial de sus valores intrínsecos, que tanto la distinguen de las demás. Esa civilización, que es la base de la nuestra, mucho más allá de lo que debemos (por fuerza) a las civilizaciones helénica o latina, es la de los celtas, nuestros verdaderos antepasados, ¡digan lo que digan!

Los orígenes
de los celtas

Así pues, ¿quiénes son los celtas? Es conveniente entenderse y saber de quién se habla, pues el término *celta* corresponde a aspectos muy alejados de la terminología etnográfica. Los celtas no forman una raza, sino una mezcla en movimiento de clanes diseminados, reunidos por vínculos más culturales y de culto que genéticos.

El propio origen de los celtas no es tan simple como pretenden algunos. Es cierto e indiscutible que la civilización celta debe mucho a las tribus llamadas indoeuropeas, pero esta versión es restrictiva y, por desgracia, se aparta así de la especificidad de ese pueblo abigarrado que se forjó una identidad fuerte y única en el mundo, enriquecida poco a poco con encuentros a través del largo camino de los siglos. En definitiva, ¡un fermento original y excepcional alimentó a pueblos distintos para formar al final una identidad única!

Los ligures

Los ligures formaban una de las raíces del árbol celta. Contribuyeron a dotar a esta civilización de una industria indudable y avanzada. Eran maestros en el arte forestal, en el de la explotación de las minas y en el de la agricultura, donde el lino ocupaba una posición clave ya que, por sí sola, esta semilla proporcionaba tejido sólido, que pronto se hizo imprescindible.

Los ligures crearon las primeras redes de circulación, que favorecieron en poco tiempo los intercambios comerciales. A ellos les debemos las primeras carreteras pavimentadas, que siglos más tarde fueron restauradas por el invasor romano. Las vías romanas, a riesgo de defraudar a los incondicionales de aquellos salvajes, fueron en realidad vías ligures y luego celtas...

Como prueba de ello, reproducimos unos fragmentos de un reportaje publicado en el diario *Presse-Océan* de Nantes, el 25 de septiembre de 2002:

Angers-Rennes era una carretera gala, y no romana

Los romanos no inventaron las infraestructuras de carreteras en la Galia. Existían antes de su llegada. Lo demuestran a diario los hallazgos del arqueólogo Gilles Leroux, que estudia en concreto el eje de carreteras Angers-Rennes.

Hemos encontrado una hiposandalia bajo los restos de lo que se asemeja mucho a un puente hundido... Es una auténtica pieza de museo, explica Gilles Leroux... Esta «sandalia de caballo», seguramente de bronce, antepasado de la herradura, que mide 16 cm de largo y 12 de ancho, con hebilla delante y dos perforaciones detrás para pasar las correas de cuero, permite confirmar las hipótesis de Gilles Leroux. Esta clase de objeto era utilizado por los galos. No por los romanos...

Una carretera de... ¡2.152 años!

Gilles Leroux trabaja desde hace siete años en la historia del eje Angers-Rennes. En 1995 ya hizo grandes descubrimientos en Visseiche (35), con vestigios casi intactos de una carretera sobreelevada con estacas de madera y vigas que formaban un puente para cruzar el Seiche. Se calcula que esta infraestructura se creó en el año 150 a. de C...

Esta suela para caballo demuestra la anterioridad de las carreteras galas respecto a las del invasor, que se conformó con adaptarlas a sus necesidades con la ayuda de la mano de obra local, más obligada y forzada que voluntaria... Algunos vestigios de esas antiguas carreteras subsisten en lugares aislados y llevan un nombre encantador, ya que se conocen como «caminos de los erizos».

Algunos autores llegan, incluso, a pretender que los ligures fueron los constructores de los megalitos. No hay nada menos seguro. Los megalitos, sea como fuere, responden a unas realidades astronómicas evidentes y necesitan un saber y una tecnología que los ligures estaban lejos de dominar. Aunque la decepción sea grande, por honradez parece conveniente decir que lo ignoramos todo de esos constructores misteriosos y, además, hay que reconocer que no sabemos qué utilidad tenían los menhires y los dólmenes. Las suposiciones más o menos extravagantes que se pueden leer aquí o allá, los delirios místico-esotéricos y las afirmaciones científicas perentorias no son creíbles.

Y que a veces se encontrasen esqueletos bajo alguno de ellos no significa que estuviesen destinados en su origen a servir de tumbas... Por lo demás, hallar unos esqueletos en las proximidades de megalitos sólo demuestra que se depositaron cuerpos en ellos, nada más.

Sea como fuere, los megalitos de Europa son los monumentos más viejos que pueden hallarse en nuestro planeta, ¡pero lo ignoramos todo sobre sus constructores, maestros de obras y promotores! Por otra parte, no olvidemos que los ligures se instalaron en la zona sudoriental de la Galia y al noroeste de Italia, que no es una región tan provista de megalitos como, por ejemplo, Bretaña, en particular el golfo de Morbihan, donde las filas de menhires parecen irradiar hacia el resto del continente a partir de Carnac la mítica, cuyo nombre se asemeja tanto al Karnak egipcio...

Los constructores de megalitos de la civilización precéltica resultan desconocidos, ¡y no vemos qué milagro podría hacer que se revelase su identidad algún día! De todos modos, no importa demasiado; lo que cuenta, sobre todo, es no asimilar a nuestros celtas con aquellos constructores, porque sería un grave error. En este sentido, es extraño comprobar la estupidez de ciertos grupos neodruídicas que practican sus rituales sobre dólmenes, creando así un vínculo improbable entre los druidas y la civilización de los megalitos e induciendo una función que seguramente nunca tuvieron esos enormes bloques graníticos. Y, a falta de piedras grandes, estos grupos folklóricos y ridículos no dudan en recrear el ambiente con falsos monumentos de poliestireno...

Conviene insistir en que es imprescindible disociar la civilización de los megalitos y la civilización celta.

APARICIÓN DE LOS CELTAS

Se supone que los celtas, al menos los que reciben este nombre, aparecieron entre los años 2000 y 1300 a. de C., en el periodo clasificado como Edad de Bronce. Llegaron en oleadas sucesivas antes de integrarse en otro pueblo extraño de orígenes muy misteriosos, los tuatha de Danann, las tribus de la diosa Dana...

Las confrontaciones, pacíficas o no, con los pueblos autóctonos acabaron revelando una cultura muy original. Algunos símbolos, en particular el triskelo, el aprovechamiento de los megalitos, de las prácticas religiosas y de los dioses bien plantados en un panteón nuevo forjaron poco a poco la identidad de los celtas con una cultura específica, distinta de todas las demás. En los emplazamientos de sus antiguas ciudades se hallan verdaderos campos de urnas, pequeñas vasijas de barro donde los celtas depositaban las cenizas de sus muertos. Y es a partir de ese periodo cuando se considera a la civilización celta como tal, hacia el año 1200 a. de C.

La contradicción con la utilización de los megalitos como tumbas no molesta en absoluto a la ciencia oficial, que está dispuesta a todos los compromisos si estos permiten introducir lo inexplicable en el marco de lo que impone el *stablishment*. Como no sabemos para qué sirven los menhires, ¿por qué no los convertimos en monumentos funerarios? Pero esta es otra historia...

Los primeros de esos emigrantes reconocidos, los gaëls y los pictos, se instalaron en las costas del mar del Norte, hacia la actual Frisia. Más tarde desembarcarían en la gran isla de Bretaña y luego se instalarían en Irlanda, cuyo antiguo nombre, Iverioi, aparece solapado en el actual nombre de la República de Irlanda: Eire. Es allí donde se producirá el encuentro con las tribus de Dana, determinante para todos esos pueblos que, desde entonces, se convertirán realmente en pueblos celtas, con una religión más evolucionada que la de los chamanes: la religión de los druidas aportada por el dios Dagda. Así, con las gentes de la diosa Dana, toda la cosmogonía, la mitología y el alma celtas alterarán y marcarán profundamente la identidad y la cultura de esos pueblos nómadas. Los gaëls legarán su lengua, el gaélico, que aún se habla en Escocia, en Irlanda...

Hacia el año 650 a. de C., los britónicos invaden la gran isla de Bretaña, Inis Prydain, a la que dan su nombre. En Escocia rechazan a sus predecesores.

Hacia el 600 a. de C. se desarrollan los primeros contactos directos entre los griegos y los celtas del Danubio y el sur de Alemania.

A partir del siglo V a. de C. comienza el periodo conocido como La Tène, yacimiento suizo situado en el lugar donde el Thièle sale del lago de Neuchâtel y donde se hallaron numerosos objetos de hierro, armas, herramientas y joyas. En esa época de La Tène, los celtas son evocados por los historiadores romanos y algunos griegos, en particular por Hecateo de Mileto (548-475); son denominados *Keltoi* por los griegos y *Celtae* (o *Galli*) por los romanos.

Dominan en gran parte el continente. Las riquezas se desplazan desde Austria hasta las orillas del Danubio, que recibe su nombre de la diosa Dana, y desde el sur de Alemania hacia el norte y el oeste de Europa. El arte es muy elaborado y sigue siendo una referencia en nuestros días. Los guerreros utilizan ligeros carros de dos ruedas, como los romanos, probablemente incluso antes que ellos. Los celtas siempre asimilan a las poblaciones locales, en lugar de someterlas.

Tito Livio y Herodoto mencionan la presencia de celtas en Asia Menor, Grecia, Italia, España, Francia y el corazón de Turquía.

En el año 390 a. de C. los ejércitos celtas saquearon Roma, lo que da una idea de la potencia de aquellas hordas, que cuando se organizaban eran, sin duda, terribles e invencibles.

En el 279 a. de C., los celtas se apoderaron de Delfos. Un año más tarde otras tribus se trasladaron a Asia Menor, donde dieron su nombre a Galacia. Los gálatas, galos —se les dedicará una espístola más tarde en el Nuevo Testamento—, son también una de las innumerables raíces del árbol celta, y Pablo no se priva de reprocharles sus creencias, sus dioses. La presencia de los gálatas en esta región del mundo tiende a demostrar el hecho que, tras una oleada de flujo, tuvo lugar una especie de reflujo, ¡en cierto modo una migración en sentido contrario!

LAS MISTERIOSAS TRIBUS DE LA DIOSA DANA

Conviene dirigir la mirada hacia la espléndida e ineludible isla Verde, pues en sus tierras salvajes se halla el escenario de uno de los hechos más importantes de la civilización y la tradición celtas. En efecto, mientras algunos clanes frecuentaban aún los caminos de Europa, Irlanda era ocupada por dos curiosos pueblos: los luchrupans y los fomorianos.

LOS LUCHRUPANS

Corresponden del todo a la idea que tenemos de los korrigans bretones de la Armórica. Los korrigans son esos pequeños y graciosos seres que habitan las rocas costeras de la península, pero también las landas cubiertas de aulagas y retamas, los bosques e incluso los recintos parroquiales de Finistère... Sus viviendas se desconocen, pero se les cede de buen grado los últimos monumentos megalíticos que sobrevivieron a la venganza clerical, a la concentración agrícola, a la urbanización y al turismo. ¿Descienden los korrigans de Armor y Argoat de los luchrupans de Irlanda? ¡La pregunta se plantea en términos reales! Es cierto que los cartesianos, armados con su pretenciosa ciencia, se burlarán ante el enunciado de la existencia de estas criaturas salidas directamente de las leyendas bretonas. Sin embargo, las leyendas sólo son el reflejo alterado de una realidad indiscutible, aunque distinta de la nuestra. Remito al lector a mi obra dedicada a las hadas y otras criaturas de los bosques.[1]

---

1. *Le Monde étrange des fées, elfes, lutins, korrigans, gnomes et autres personnages,* Éditions De Vecchi, 2003.

Los luchrupans son criaturas pequeñas, vivaces, dispuestas a jugar malas pasadas a quien vagabundea demasiado por la landa... La diferencia esencial entre ellos y sus primos del continente consiste en que estos últimos son aún visibles, aunque raramente, mientras que ellos desaparecieron de la tierra de Irlanda con la llegada de las tribus de la diosa Dana.

Los luchrupans fueron, seguramente, los primeros ocupantes de la tierra de Irlanda, por lo que serían sus únicos herederos frente a la historia del mundo.

LOS FOMORIANOS

Son seres desproporcionados, deformes, algunos de ellos dotados de un solo ojo, un solo brazo y una sola pierna. No parecen ser originarios de Irlanda, sino de Tor Inez, la Isla de la Torre, hoy en día Tory, pero tal vez era una simple base. Las leyendas reunidas en pergaminos redactados por los filli, los bardos irlandeses, conservan en su seno esta protohistoria de la isla. Digamos, de paso, que estos valiosos documentos se conservan en ¡el Museo Británico!, el privilegio del conquistador que confisca las huellas de la historia del pueblo vencido. ¡Algo nada glorioso!

Al parecer, los fomorianos constituyen una especie de ejército de vigilancia encargado de prevenir cualquier invasión de la isla, vigilan el mar, al acecho de la menor cáscara de nuez.

Hay quienes pretenden que este pueblo vendría también de una tierra situada al norte del globo, sin poder ubicar exactamente el lugar en cuestión, pero eso no tiene importancia. Lo que cuenta es que en aquellos tiempos remotos el suelo irlandés estaba ocupado por estos dos pueblos que no mantenían ningún trato entre sí, salvo algunos pequeños conflictos que los luchrupans parecían evitar en lo posible.

En este contexto de desconfianza, desembarca un día un tal Partholon que, según la tradición, tiene un vago vínculo de parentesco con el rey de los fomorianos, Cichol. Partholon pisa la tierra de Irlanda en compañía de un centenar de los suyos, hombres, mujeres y niños. En poco tiempo, el clan desbroza y prepara el suelo para los cultivos, practica la ganadería y dedica algunas tierras a los pastos. ¡No cabe duda de que Partholon y su clan han llegado con la intención de quedarse!

Conocen el arte de la brujería y hacen brotar por todas partes fuentes de agua pura. En poco tiempo Irlanda se transforma, gracias a la aparición de extensiones de agua dulce, pese a que en su origen sólo poseía dos lagos.

Llegan refuerzos y el clan adquiere muy pronto unas proporciones que ya no agradan a los fomorianos. Estalla una guerra y mucha de la gente de Partholon, poco hábil en el arte del combate, sucumbe bajo los golpes, mientras que otros se repliegan en sus tierras. Estos no son perseguidos por los fomorianos, que permanecen en Toriniz... Tienen otros medios para librarse de quienes les estorban. En efecto, en pocas horas, ¡los miembros del clan de Partholon son diezmados por una extraña epidemia! La guarnición fomoriana recupera sus derechos: ¡observaciones del horizonte, prestaciones personales y desfiles militares!

Pero este periodo de bonanza se acaba y nuevos invasores, encabezados por un tal Nemed, se asientan en la isla, en las barbas de los fomorianos, dirigidos por un nuevo jefe, Conan. Estos deciden rápidamente ajustarles las cuentas a los recién llegados y parten hacia el combate, muy lejos de Toriniz, la Isla de la Torre. Tras una lucha feroz y a diferencia de lo que se cree, ¡son los hombres de Nemed los que vencen! Se produce un repliegue estratégico de nuestros amigos los fomorianos, que recuperan su base, pero también una nueva sorpresa: mientras saborean la victoria y la fiesta, una epidemia se cierne sobre el clan de los vencedores, hombres valerosos, y todos pierden la vida, o casi, incluido el carismático jefe Nemed. A los pocos supervivientes del clan no les queda otra opción que dedicarse a cultivar la tierra, bajo la severa vigilancia armada de los fomorianos, que reclaman a los vencidos el sacrificio de un tercio de los hijos nacidos en el año, así como un tercio de leche y otro de su cosecha de trigo. ¡Pesado y despiadado tributo!

Conan, jefe terrible y previsor, encarga la construcción de una torre fortificada en Leinster, una especie de puesto avanzado que impone su poder a los hombres del clan de Nemed. Pero una presión así no queda sin consecuencias. La rebelión se prepara en silencio entre los vencidos y, una noche, toman la torre de asalto y matan a todos los fomorianos, incluido Conan.

Morc, jefe de Toriniz, se dedica de inmediato a vengar a su jefe, y el clan de Nemed es devuelto al buen camino. Sin embargo, una vez más, este nuevo ataque no hace sino atizar los rencores de los vencidos. Un comando se embarca hacia Toriniz decidido a atrapar a la bestia en su antro, pero el grupo está mal inspirado, ya que, durante la travesía, una tempestad tan formidable como extraña lanza a los barcos contra las costas de Irlanda, donde quedan destrozados. Unos treinta supervivientes tratan de alcanzar los pueblos del clan, pero por el camino ¡les afecta una virulenta epidemia! Quienes sobreviven dan la alarma general y los hombres del difunto Nemed desaparecen para siempre hacia el norte del país, donde se reencuentran con los descendientes del clan de Partholon.

¿Una, dos, tres epidemias? ¡Es algo más que una casualidad y conviene aceptar el postulado de que los fomorianos poseían, sin duda alguna, el arma bacteriológica!

Esos seres adquieren otro aspecto, otra dimensión, y poseen cierta tecnología, por no decir una tecnología cierta. ¡He aquí material para poner en tela de juicio nuestras nociones de prehistoria!

Es cierto que intentamos hacer una extrapolación que, sin duda, molestará a los poseedores de la verdad..., pero ¿qué verdad? Es necesario ser osado para que las cosas avancen. De todas formas, no existe UNA verdad, sino varias, que nacen de lo que cada cual busca en los hechos y en las huellas del pasado.

Sin llegar a suponer una tecnología extraterrestre, como puede leerse en ciertas obras, por otra parte excelentes,[2] es posible pensar en la existencia de una civilización antigua con un alto nivel técnico, rechazada en las costas de Europa tras un conflicto o un cataclismo natural. Los fomorianos, entre otros, formarían parte de ella...

Pero volvamos a los fomorianos. ¿Se han librado finalmente de todos los invasores? ¡Pues no! Abordan las costas tres nuevas oleadas, pero esta vez los recién llegados proceden de la gran isla de Bretaña. Tenemos, en primer lugar, a los bolgs, instalados al principio en el continente (fueron los primeros belgas); a continuación, están los domnans, procedentes del Devonshire contemporáneo y de la futura Domnonea, al norte de la Armórica y, por último, hay todo un grupo de galioins, que no son otra cosa que galos.

Cabe pensar que los fomorianos volverían a cruzar el hierro y luego a utilizar el virus contra estos grupos. ¡Pero no! Todo se desarrolla de la mejor forma y se produce una entente cordial entre todo ese mundillo y los fomorianos, ¡hasta el punto de que las relaciones se enriquecen con intercambios y se celebran preciosas bodas bajo los cielos irlandeses!

2. Edmon Coarer-Kalondan y Gwezenn Dana, *Les Celtes et les Extraterrestres*, Éditions Marabout, 1973.

Desembarco en Irlanda, «tierra de cólera»

En este panorama idílico, contra toda expectativa, los acontecimientos dan un giro dramático. Según la tradición barda, un uno de mayo, día de la fiesta de Beltan, de un año desconocido, llegan unos «dioses» a Irlanda. Lo hacen por mar, pero se muestran prudentes y se mantienen a una distancia de nueve olas de la costa, como si estuviesen al corriente del potencial epidémico de los fomorianos. Lo que resulta más curioso aún, sin embargo, es que también llegan por el cielo, y son precisamente estos los que son denominados dioses por los habitantes del país, mientras que los de los barcos son considerados simples militares.

Estos ejércitos bien equipados son los tuatha de Danann, las tribus de la diosa Dana.

Con esta llegada masiva desembarcan los nuevos dioses celtas y, con ellos, la ciencia de los druidas, una nueva cosmogonía, una nueva filosofía y nuevas tradiciones.

Las gentes de la diosa Dana darán una dimensión muy distinta a los pueblos presentes y marcarán el alma celta de forma definitiva, hasta nuestros días.

Los tuatha de Danann poseían muchos conocimientos. Hay quienes pretenden que dominaban la magia, pero ¿acaso no podía tratarse de la manifestación de una ciencia tan formidable que podía parecer mágica a ojos de los primitivos habitantes de Irlanda? Sea como fuere, magia o ciencia, estos dioses llegados del cielo la habrían adquirido en cuatro ciudades de su país abandonado: Falias, Gorias, Finias y Murias. Desde estas ciudades o islas extraordinarias, los dioses de la diosa aportaron fabulosos talismanes: la piedra de Fal, que emitía un grito cuando el rey legítimo de Irlanda apoyaba el pie encima, la espada mágica de Nuada, el gran jefe de la guerra, la lanza del dios luminoso Lug y el caldero de Dagda, el famoso caldero de contenido inagotable del dios druida, padre de todos los dioses celtas.

Estos seres omnipotentes fueron los dioses comunes a todo el mundo celta, sin excepción.

Sus hazañas aparecen en la tradición irlandesa, claro está, pero también en Escocia, Gales, la Bretaña armoricana y todas las demás regiones celtas. Formaron la base de la mitología céltica y se redujeron a un universo legendario al producirse la cristianización de los celtas.

CONTRA LOS CURIOSOS FOMORIANOS

Más tarde elaboraremos la lista de los dioses y héroes surgidos de los tuatha de Danann, pero ha llegado el momento de narrar la feroz lucha que enfrentó a los fomorianos con las gentes de la diosa Dana.

Entre los ejércitos de los fomorianos y los bolgs y el de los asaltantes, toma cuerpo una espesa niebla que compone una excelente pantalla de protección que ayuda a los tuatha de Danann en sus preparativos. Los jefes/dioses llegados del cielo bajan al suelo; ahora las tropas de desembarco están en la playa.

En realidad todo revela una acción militar que los ejércitos actuales no despreciarían. Por supuesto, la niebla es producida por los tuatha de Danann y favorece la colocación de las compañías y de los puestos de mando. Una vez acabadas las operaciones, la niebla se disipa. Los fomorianos y los bolgs descubren entonces un espectáculo terrible: los ejércitos enemigos están allí, monstruosamente equipados, preparados para el enfrentamiento y decididos a atacar. Su superioridad no admite dudas, tanto desde el punto de vista numérico como tecnológico.

Pero sólo es la hora de la intimidación que, sin duda, pesa mucho en las negociaciones que se desarrollan en Tara, la gran ciudad de Irlanda. Se encuentran dos emisarios, uno por el ejército de los bolgs y otro por el de las gentes de la diosa Dana, ya que, de momento, los fomorianos se conforman con observar la situación, lo cual resulta muy extraño...

Para los tuatha de Danann, las cosas son sencillas: les deben ceder la mitad de la isla, pero los bolgs no opinan lo mismo, y la negociación fracasa; la guerra es inevitable. Así pues, incluso en lo peor, no hay nada nuevo bajo el sol...

Gracias a los famosos documentos de los bardos, sabemos que las gentes de la diosa Dana dispusieron de un mes largo para preparar el combate y asegurarse el éxito en todos los frentes. Los ingenieros, artilleros y cañoneros tuvieron tiempo de perfeccionar el enfrentamiento. Este se desarrolló en la gran llanura de Mag Tured, en el noroeste de Irlanda. ¡Fue una guerra relámpago que duró cuatro días, durante los cuales los bolgs fueron aniquilados!

Este primer éxito abría la puerta a otro conflicto, pues, si bien los fomorianos habían mantenido cierta neutralidad, el nuevo orden les obligaba a participar en el conflicto.

Cabe señalar que, en esta primera guerra, Nuada, especie de jefe de los ejércitos, sufrió una amputación de la mano, accidente que revela la alta tecnología de los tuatha de Danann, dado que los cirujanos militares decidieron sustituirla por una prótesis articulada de plata.

Durante la convalecencia de Nuada, otro jefe asegura el gobierno provisional. Es Bress, el lugarteniente de Nuada. Y durante este periodo aparece por primera vez uno de los mayores y más poderosos dioses de los celtas: ¡Lug! Este dios, que no es el primero que llega, es el dios luminoso, que dará su nombre a varias ciudades, entre ellas Londres, Loudun y Lyon, antigua Lugdunum, la ciudad de la luz, ¡única capital verdadera de los galos!

SEGUNDA BATALLA DE MAG TURED

Lug es un personaje enigmático. Miembro de las tribus de Dana, su abuelo era un fomoriano notable, Balor, el terrible cíclope cuyo ojo proyectaba un potente rayo de la muerte. En poco tiempo Lug se convierte en el igual del dios Dagda, su padre. Desde entonces, su función es primordial para el futuro de los tuatha. Parece, incluso, que sin él las tribus de Dana no se habrían tratado con los fomorianos. Lug es una auténtica baza debido a su parentesco con Balor. ¿Quién mejor que él podría adelantarse a las decisiones del señor de Toriniz?

Lug no estaba presente en la primera guerra y cabe suponer que en ese momento aún estaba en su país de origen (o por el camino), que también era el de los fomorianos... ¿Eran estos últimos mercenarios pagados por los tuatha de Danann, encargados de ocupar el terreno en esa tierra de Irlanda tan codiciada? ¿O bien eran gentes de la diosa Dana, en exilio, contaminadas por algunos venenos tal vez radiactivos? Estas hipótesis parecen muy plausibles. Es evidente que existían relaciones entre los tuatha de Danann y los fomorianos, incluso vínculos familiares. Si no, ¿cómo se explica esa benevolente neutralidad de que dieron pruebas los fomorianos de Balor durante la primera batalla de Mag Tured?

Así pues, ha llegado Lug, pero debe dar prueba de sus aptitudes, ya que ser un dios no es impedimento para mantener las características puramente, íbamos a decir bajamente, humanas. Que ello nos lleve, por otra parte, a preguntarnos sobre la auténtica divinidad de estos dioses celtas. Después de todo, opino que su tecnología, pese a que llegaba a su fin, había impresionado mucho a los habitantes autóctonos, quienes los tomaron por dioses, ¡y eso es todo!

Para dar prueba de sus aptitudes, Lug debe demostrar al jefe Nuada todas las capacidades que posee. Así, disfruta de todas las cualidades y el saber de un copero, un carpintero de obra, un adivino, un soldado, un médico, un herrero, un bardo y un músico. Ante semejante polivalencia, los guardias de Tara le dejan entrar y reunirse con Nuada. Más tarde también deberá enfrentarse con este jefe en una importante partida de ajedrez, que vencerá. Resulta evidente que este juego era simbólico, puesto que situaba a los dos protagonistas en el «tablero», a la vez material y espiritual. Cada pieza del juego representaba los desplazamientos de los hombres y las peripecias de sus vidas. El ajedrez se convertía así en una especie de juego de la vida de los hombres en manos de las divinidades.

Han transcurrido siete años desde la primera batalla de Mag Tured. Siete años simbólicos también, durante los cuales Lug se ha convertido en un jefe, un dios reconocido por sus iguales. Es él quien toma el mando de las operaciones para la segunda batalla de Mag Tured. Las fuerzas presentes son poderosas y el campo victorioso ejerce una influencia definitiva sobre el campo vencido. Es mucho lo que está en juego. Los protagonistas no son los primeros que llegan; además de Lug, están Dagda, Ogma, las fuerzas solares y Balor, con su rayo mortal, que representa la fuerza de las tinieblas...

Bress, jefe que sustituye a Nuada, al ver que pierde el puesto que se le ha atribuido, no duda en traicionar a los suyos. Alcanza Toriniz para encabezar las tropas fomorianas bajo el mando supremo de Balor e Indech. Los peones están situados. La guerra puede empezar.

El combate es de una extrema violencia. Todos los cuerpos de los ejércitos se lanzan al enfrentamiento y los tuatha de Danann realizan milagros muy extraños. Así, Ogma, que había jurado vencer él solo la tercera parte del combate, resucita después de haber muerto en el enfrentamiento. No es este el único acontecimiento milagroso. Cada hombre muerto en el campo de las gentes de la diosa Dana es sumergido de inmediato en el agua de una «fuente de salud», ¡especie de fuente de juventud que vuelve a poner en pie a los muertos! Debía poseer una temible eficacia, ya que los fomorianos, al observar el efecto de esta agua mágica, intentaron en vano llenar el pozo con pesadas piedras.

Nuada y Balor dejan la vida en la gran llanura de Mag Tured, pero los tuatha de Danann obtienen una aplastante victoria. Privados de su jefe con mirada de rayo, los fomorianos ya no son nada. Lug es el principal artífice de la victoria. A pesar de las alianzas traidoras de última hora, encarna todos los valores de las gentes de su campo, además de las de los fomorianos.

¡Es Lug Samildanach, el hombre de competencias múltiples, Lug Lonnbeimenech, el que golpea furiosamente, Lug Lamfada, el dios de larga mano, y Lug Grianainech, dios brillante como el sol! Es Lug, el gran dios de los celtas, que constituye la referencia por siempre jamás, incluso en el seno de las tradiciones de gremios de obreros, muy iniciados, que lo representaron a veces en la imaginería de esas naves de piedra que son nuestras catedrales e iglesias. Así ocurre en la basílica de Vézelay, en Borgoña, donde bajo los rasgos de Cristo se oculta Lug, *Sklerijen Doué-Dremm Heol*, lo cual, traducido del bretón, significa: «Dios de luz, rostro del sol». A buen entendedor...

Este dios brillante, Lug, tiene dos atributos: un cuervo y una lanza poderosa, mágica, que hace ganar todos los combates a quien la tiene en las manos. Esta lanza conlleva todos los arquetipos de lo que será más tarde Excalibur, la espada mágica del rey Arturo, otro futuro héroe de la larga historia misteriosa de los celtas.

GRANDEZA Y DECADENCIA

Los dioses celtas, de aspecto tan humano, son mortales, a pesar de los numerosos recursos a la ciencia regeneradora. Nacen, viven y mueren.

No se sabe cuánto tiempo duró el reinado de los tuatha de Danann. ¿Fue largo? ¿Fue corto? Durante este periodo, su influencia fue intensa y debió de alimentar todas las raíces del árbol celta. Los intercambios entre las tribus de Dana y los distintos pueblos que formaban los cimientos de los celtas fueron culturales, comerciales e iniciáticos. Estos encuentros favorecieron, sin ningún género de duda, los acercamientos entre todos esos clanes dispares, y diversas uniones sellaron la amistad.

¿Qué fue de los dioses, los héroes que inicialmente desembarcaron en la isla Verde? Algunos se quedaron, otros alcanzaron el continente y difundieron la palabra y la religión de los druidas, predicada por Dagda. Por otra parte, nuevas invasiones afectaron a la tierra de

Irlanda. Escotos y gaëls, esencialmente, vinieron a engrosar las filas de una multitud cada vez más regular de emigrantes. Estos nuevos clanes, procedentes de la península Ibérica, se impusieron poco a poco sobre las poblaciones ya implantadas. Los tuatha de Danann habían perdido orgullo hacía tiempo y ya no salían ganadores de los combates. Las ciencias y la tecnología se habían desvanecido con la desaparición de los dioses y los héroes. Sólo la filosofía de los druidas había perdurado y se había dispersado por la isla e incluso más allá, por todo el continente.

Se impone una evidencia: los tuatha de Danann, sus dioses y sus héroes, fueron supervivientes de una civilización más avanzada que las del continente europeo. Una élite acompañada de distintos cuerpos de ejército se estableció en Irlanda, sin duda con la esperanza de preservar e incluso recrear en un suelo nuevo todo lo que componía la grandeza de su civilización en peligro de naufragio, tras un conflicto o una catástrofe natural que podría corresponder al Diluvio bíblico...

Habría que ser verdaderamente obtuso para no reconocer en los relatos antiguos la manifestación de una tecnología muy cercana a la nuestra. Las epidemias y tempestades provocadas, las armas de rayo térmico, los ingenios volantes, a veces incluso teledirigidos, las nubes y nieblas artificiales, en fin, todo un arsenal que parece superar incluso al de nuestros modernos ejércitos, ¡lo que al fin y al cabo no está nada mal!

En este contexto, ¿cómo queremos que las hordas presentes en Irlanda al desembarcar las gentes de la diosa Dana, apenas más adelantadas que los hombres de la Edad Media, no las tomasen por divinidades?

Hay pruebas de que los dioses y sus ejércitos huían de un país devastado, que había que conservar sólo en el recuerdo, sin esperanza de regreso: el día de su llegada era el de la fiesta de Beltan, celebrado desde entonces para conmemorar el acontecimiento. Ahora bien, aquel día la mayoría de la flota fue hundida voluntariamente para eliminar toda posibilidad de regreso hacia el punto de partida. Sólo se conservaron las naves imprescindibles para los combates.

Poco a poco, se había iniciado el crepúsculo de los dioses. La tecnología, olvidada, se disolvió con el tiempo. Al final, dioses y héroes murieron, y de los tuatha de Danann sólo persistieron recuerdos. Los de sus hazañas, sus combates sensacionales y su «magia» brillante e imparable.

En cualquier caso, legaron una mitología de una riqueza excepcional, una cosmogonía original y abundante, una sabiduría ejemplar, una historia única y una religión protagonizada por los druidas, todavía presente en este tercer milenio después del nacimiento de Cristo.

Fueron las tribus de Dana las que aportaron lo esencial de la civilización celta. Sin ellas, la historia de los celtas habría sido casi anecdótica, y por eso me gusta considerar la historia celta a partir de su desembarco en Irlanda.

Ninguna civilización puede presumir de tantas cualidades ni de una constancia tan grande. Asimismo, multitud de pueblos conllevan en su toponimia, en su propia esencia, las marcas de su origen celta. Sin embargo, es curioso que se enseñe tan poco sobre los celtas en los colegios y universidades, cuando nuestra civilización les debe tanto. Cabría pensar que existe cierto interés por mantenerla oculta y por despreciarla...

LA PRESENCIA DE LUG

Sólo el dios Lug deja huellas en Europa; observando un poco, aún es posible descubrirlo oculto tras otras identidades. ¿Quién imaginaría, por ejemplo, que detrás de Portugal está Lug, bien implantado y velando en esa antigua tierra celta? El antiguo nombre del país es *Lusitania*, formado a partir de Lug. Hemos visto, asimismo, que grandes ciudades europeas reciben su nombre de este dios politécnico, pero poblaciones más pequeñas también están impregnadas de esta lejana presencia. Lugo, en Galicia, esa región celta en el camino sagrado del campo de las Estrellas hacia Santiago de Compostela, es un ejemplo típico. Y no olvidemos la Lugano helvética, que encaja perfectamente en esta categoría, aunque los ligures también pueden estar asociados con esta herencia. Por otra parte, ¿qué decir de Luxemburgo, cuya luz disimula el brillo del dios brillante, al igual que los Saint-Loup, que sólo son Lug cristianizados? Son huellas indelebles que persisten aquí y allá, contra viento y marea, contra las invasiones bárbaras, latinas y árabes, y a pesar de la cristianización.

Otros lugares famosos ocultan también la identidad del dios celta. Es el caso de los múltiples montes Saint-Michel que, desde el monte Mercure de Vendée hasta el monte Saint-Michel rodeado de las aguas del canal de la Mancha, revelan en realidad antiguos lugares de culto, donde druidas y druidesas procedían, en todas las épocas del año, a realizar sus liturgias en honor de Lug, en el corazón de sus iglesias, a cielo abierto, con nemetones consagrados a los dioses paganos, que no fueron sólo los dioses de los campesinos, como tiende a insinuar la etimología. Sin embargo, en el seno de los campos fue, efectivamente, donde los cultos antiguos opusieron una mayor resistencia a la cristianización, a diferencia de las ciudades, «conquistadas» en poco tiempo. Desde entonces, las malas lenguas pretendieron que el campo y sus habitantes estaban retrasados con respecto a las ciudades...

EL MISTERIO DE LOS DRUIDAS

Así pues, los carismáticos jefes de los celtas, como el gran Vercingetorix, tenían en sus manos el destino de los distintos clanes, pero, por encima de estos responsables, estaban los jefes religiosos, portadores de todo un saber, transmisores de una cosmogonía original, poseedores del secreto de los dioses. Estos jefes eran los famosos druidas, de los que tanto se habla, con razón y sin ella, en conversaciones más alimentadas por la fantasía que por un auténtico conocimiento y dominio del tema.

La religión de los druidas estaba latente en el chamanismo de rigor de las diversas tribus celtas, y fue Dagda, ese dios magnífico, miembro eminente de los tuatha de Danann, quien estructuraría verdaderamente la práctica druídica, dándole un impulso unitario, más allá de las prácticas chamánicas, y proporcionándole una dimensión sagrada y sabia al mismo tiempo. ¡Sabia, sí! La etimología está ahí para atestiguar este carácter determinante de la religión de los druidas, puesto que la definición más extendida es la de las palabras *dru wides*, que significan ¡«los muy sabios»!

La práctica druídica se impuso definitivamente a los celtas, desde la llegada a Irlanda de las tribus de Dana. Dagda era el dios druida, según la tradición. Enseñó a las poblaciones no sólo las artes y la magia, sino también todo lo que hacía referencia a las relaciones con los dioses, lo que parece evidente si se tiene en cuenta, precisamente, su posición de dios venerado y reconocido como tal. En estas condiciones, ¿quién mejor que él podía destilar una iniciación, formar a otros sacerdotes y afirmar la función del druida en su esfuerzo para preservar el equilibrio entre el mundo de los hombres y el de los dioses?

Según los cronistas griegos y latinos, la organización social de los pueblos de las Galias se divide en tres niveles: productores (campesinos y artesanos), soldados y sacerdotes. Esta división tripartita de la sociedad celta está reconocida desde Georges Dumézil. A su vez, la clase sacerdotal se divide en tres grupos: los vatos, los bardos y los druidas. Estos últimos son los únicos guías de la sociedad celta, aunque sólo de una parte del continente, puesto que se encuentran en las Galias, sobre todo, y en las islas Británicas.

Su casta se encarga de los cultos, de la educación, de la justicia y de la guerra, y su filosofía se basa en una forma de metempsicosis y una cosmogonía según la cual el mundo invisible está estrechamente vinculado al mundo visible.

Los druidas se sitúan en la cima de la jerarquía, donde acumulan funciones y competencias. El druida, a imagen de Dagda, el dios druida primordial, domina la teología, la astronomía, la filosofía, la medicina y otras muchas ciencias. ¡Sin duda el druida es politécnico! No obstante, su función esencial, que le vuelve tan imprescindible y le proporciona tanto respeto, consiste en mantener relaciones privilegiadas con los dioses. El druida existe en sí mismo y, para asumir sus responsabilidades, no es fundamental que esté incluido en una jerarquía social, ni que tenga intercambios con un jefe o un rey, a diferencia de lo que afirman algunos sofistas. En ausencia de cualquier otra autoridad, ¡el druida ejerce plenamente sus funciones!

El druida, a menudo comparado con el chamán, presenta, respecto a este, diferencias fundamentales, aunque también existen puntos en común entre ellos: por ejemplo, el chamán, como el druida, puede ser hombre o mujer. Es poco frecuente que los chamanes colaboren entre ellos en una acción determinada, lo que no ocurre con los druidas, que con frecuencia actúan juntos, y se reúnen a menudo (la reunión anual en el bosque de los Carnutes no es una leyenda). Así, sin ninguna connotación peyorativa, puede decirse que el druida es un chamán muy avanzado, pues este último se limita a una especie de magia poderosa pero primitiva.

En una época muy alejada de nosotros, el mundo albergaba analogías espontáneas, concomitancias afortunadas en muchos ámbitos, entre ellos el universo de las prácticas iniciáticas. El druida está avanzado respecto al chamán, pero uno y otro aparecen probablemente en el mismo periodo.

Sea como fuere, el druida es un ser de misterios. El primero de ellos, y tal vez el más importante, es comprobar que sólo se habla de los druidas en las partes extremas del continente europeo, cuando los celtas no estaban implantados sólo en estas zonas geográficas...

EN BUSCA DE UN SABER ANTIGUO

No obstante, todo ello tiende a demostrar que la religión de los druidas no llegó con las cohortes procedentes de Europa del Este, sino llevada por los seres misteriosos, gentes de la diosa Dana, que abordaron las costas occidentales del continente. Irlanda parece ser la tierra donde todo empezó, pero no es la única que pretende obtener este título histórico y honorífico. Hay otras tierras y otros lugares que pueden reivindicarlo. Es hora de interrogarse sobre los pelagos, pueblos llegados también de los horizontes desconocidos del océano Atlántico.

Los pelagos, aunque despreciados, tuvieron una función fundamental en las tradiciones occidentales más antiguas. Apolodoro afirma que los pueblos de Argos recibían el nombre de *Danaens*, que no deja de evocar a Dana y su tribu. Los pueblos de Argos eran los pelagos, al menos eso pretenden algunos, pero tendrán que explicarnos cómo esos navegantes llegados de Grecia, aunque valerosos y dotados, se encuentran un día así, sin más, en el Atlántico, en las costas de Galicia e incluso de la Galia...

Sea como fuere, estos pueblos están vinculados a la tradición occidental, que bebe en las fuentes de la religión de los druidas. Uno de los principales lugares de peregrinación del mundo, Santiago de Compostela, en Galicia, tierra celtibérica, oculta en los repliegues de sus orígenes la presencia de los pelagos. Por otra parte, el fervor de la peregrinación es muy anterior a la aparición de Santiago en su barca sin piloto (¿o con piloto automático?). Era ya muy pronunciado en la Antigüedad más remota, y los sacerdotes celtas habían trazado y marcado caminos sagrados desde entonces recorridos en un rito casi inmutable por hileras sinuosas de peregrinos que reproducían así, incluso de forma inconsciente, la antigua emigración de los clanes indoeuropeos de los albores de la civilización.

No hay que buscar en estas peregrinaciones enigmáticas los indicios de una geografía sagrada que dibujaría inmensos símbolos sobre el suelo de Francia, Inglaterra, España e Irlanda, como se entretienen haciendo algunos autores despistados... Siempre es posible unir puntos sobre un mapa, hasta obtener dibujos más o menos simbólicos.

A fuerza de buscar, se acaba encontrando algo; pero sólo hay que ver en ello nada más que figuras forzadas, en ningún caso signos visibles desde el espacio, especies de *Crop Circles* gigantes elaborados por antiguas civilizaciones.

Si hay hitos, son meros productos de una búsqueda que se ha perdido, la que los druidas llevaron a cabo para recuperar pistas, las de un saber perdido y tradicional, antaño ofrecido a sus antepasados por Dagda y los tuatha de Danann. Numerosas expediciones se iniciarán entonces para un retorno a los orígenes perdidos tras la desaparición de los dioses...

Por lo tanto, se inició así la primera expedición auténtica en el camino de Santiago que, por supuesto, aún no se conocía con este nombre. El objetivo del viaje debía ser ese Finisterre ibérico, frente al cabo del mismo nombre. El pueblo de los gaëls y sus druidas tomaron la responsabilidad de esta búsqueda fantástica. En su antiguo trayecto encontramos aún sus huellas: el río Gállego, pero también la región de León, que evoca con claridad al dios Lug. Encontramos similares marcas en la Armórica con la región de Léon y la de Finistère, otro final de las tierras de Europa, frente a las olas atlánticas. Tenemos ahí las pruebas indiscutibles de estos trayectos gloriosos. ¿La búsqueda se vio coronada por el éxito? Es poco probable, pues las tribus de Dana se apagaron poco a poco... Pero la ciencia de los druidas era grande y, quién sabe, la intuición guiada por un conocimiento real de los hechos y de la historia de sus antiguos tal vez permitió a los sabios y a los sacerdotes celtas reencontrar sus orígenes y, así, preservar una enseñanza excepcional, lo que puede explicar la extraordinaria longevidad de esta religión que aborda con orgullo el tercer milenio, ¡con un vigor que da gusto ver!

Sea como fuere, puede observarse con toda objetividad lo siguiente: los celtas se mantuvieron totalmente al margen de los demás pueblos de su época. En un contexto desfavorable, fundaron una civilización única, original, dotada de características muy específicas, que forjaron su fuerte identidad.

LA GALIA

En el corazón del conjunto de las tierras celtas, la Galia es como un jardín extraordinario, dotado de todas las ventajas necesarias para el establecimiento a largo plazo de valerosas colonias.

Geografía variada, tierras ricas, agua en abundancia, no sólo en ríos y arroyos, sino también en fuentes de todo tipo, bosques inmensos y espesos ofrecen zonas seguras y favorables para la práctica de los cultos dedicados a la todopoderosa naturaleza.

Sí, la Galia era un verdadero paraíso bañado por el mar y el océano, protegido por cadenas montañosas con profundos valles fértiles cuyo término galo *cumba* aparece ahora en la toponimia francesa con el término *combe*, «cañada». Eje para el comercio y los intercambios de todo tipo, la Galia, las Galias, se convertirían en poco tiempo en un emplazamiento estratégico muy codiciado por los romanos y los bárbaros.

El caso es que los distintos pueblos asentados en estos vastos territorios iban a implantarse allí de forma definitiva, hasta el punto de que legarían sus nombres a las futuras ciudades de Bélgica, Suiza, el norte de Iberia y el noroeste de Italia y Francia.

Los druidas también encontraron allí lugares muy propicios para sus necesidades. Nemetones en el corazón de los bosques, colina consagrada a Lug, Belenos u otros, rocas rituales como la de Solutrée, todo estaba disponible. Por otra parte, no se privaron de utilizar lo que la naturaleza había modelado. Así, el famoso bosque de los Carnutes, situado en las proximidades de Chartres, servía de lugar anual de reunión para los druidas, que celebraban una asamblea iniciática e informativa en el centro de un claro acondicionado.

Los pueblos de las Galias vivían en perfecta comunión con su entorno y, siguiendo los consejos de los druidas, que también eran famosos técnicos, se dibujó poco a poco toda una red de carreteras para favorecer, sobre todo, los intercambios comerciales. Como hemos visto, durante la invasión romana las cohortes hallaron unas carreteras en perfecto uso, dotadas de puentes eficaces y robustos cuando era necesario.

Hay otra red que se lo debe todo a la ciencia de los druidas. Es la de los setos, taludes y fosos, trilogía ineludible y maravilla incomparable para la agricultura. No podemos ni imaginar la increíble utilidad de esta ingeniosa estructuración en red. La floresta desempeña múltiples funciones y, sin entrar en los detalles de una clase de agronomía o ecología aplicada, parece imprescindible conocer las múltiples propiedades de la estructuración en red que muestra, no sólo un fabuloso conocimiento de la naturaleza, sino también una tecnología que supera a la de los ingenieros agrónomos de hoy en día. En efecto, estos han tomado una decisión loca y aberrante, la de la concentración parcelaria y el enrasamiento de los setos, taludes y fosos, ¡que es una enorme tontería que en la actualidad se está pagando muy cara! El patrimonio rural francés, en lo que respecta al modelado de las tierras, procedía directamente de los antepasados galos.

SETOS, TALUDES Y FOSOS: ¡LA HERENCIA DE LOS CELTAS!

La floresta es un paisaje específico, único en su género, que, además de ser encantador para la mirada, está dotado de las virtudes más esenciales para el mundo agrícola, pero para el verdadero, no el de los industriales de la tierra que han perdido todo contacto con su elemento en beneficio de su bolsillo, más estrecho... ¡Sobre el altar del provecho no caben pequeños sacrificios!

La floresta cumple una función ecológica, climática, agronómica, hidrológica y edafológica. ¡Nada más y nada menos!

Un simple seto, llamado pluriestratificado, es decir, formado por distintas especies, ¡reduce la velocidad del viento de diez a quince veces su altura! Forma un complejo habitado por toda una fauna imprescindible: insectos, gasterópodos, aves, reptiles y mamíferos. Todo este pequeño mundo vive en perfecto equilibrio y se autorregula, en simbiosis con los distintos matorrales que lo componen. En poco espacio, hay una increíble y gran diversidad, tanto animal como vegetal.

Además, la floresta constituye una excelente protección para el ganado, que ya no está expuesto a la intemperie y que, por lo tanto, sufre menos tensión, produce más leche y contrae menos enfermedades.

También protege las casas, las construcciones, y regula de forma muy eficaz todo el sistema hidrológico. El agua no corre a una gran velocidad, se ve frenada y drenada de forma natural, sin engrosar a una velocidad fenomenal arroyos y ríos. Así se limita la contaminación, al igual que la erosión de las tierras, y sobre todo se reducen en gran medida los riesgos de inundación. ¡Cada año asistimos al resultado de nuestra incompetencia!

Por otra parte, los setos producen leña y en los campos siguen siendo un elemento importante, no sólo destinado a la decoración y el ambiente. Desde el punto de vista fitosanitario, la función de los setos es también increíble: limitan la difusión de la roya y el oídio, podredumbre que hace estragos... La floresta reduce con su estructura las necesidades de riego.

Por último, y en nuestra época no es poca cosa, la floresta es una fuente de descubrimientos, enseñanzas y placeres para los ojos. ¡Qué alegría pasear por los pocos caminos encajonados que han escapado a nuestra locura destructora!

El examen de un seto revela cosas sorprendentes. Es posible, incluso, determinar su edad, según el método Hooper, llamado así por el nombre del botánico inglés que lo estableció. Para calcular la edad de un conjunto foso-talud-seto, se elabora una lista lo más completa posible de las especies vegetales presentes en una distancia de unos cincuenta metros. Hooper calcula que el seto se enriquece cada cien años con una especie arbustiva. Así, según este botánico, si en treinta metros de seto se cuentan cinco tipos de arbustos, el seto tiene una edad de quinientos años, etc. Aunque es cierto que la composición del seto depende de cierto número de criterios, como el tipo de seto plantado, los vestigios forestales, el mantenimiento o no (un seto poco o irregularmente mantenido se enriquece con nuevas especies muy deprisa), a pesar de sus carencias, el sistema Hooper da una buena idea de la edad de un seto. Podemos soñar entonces ante estos pocos conjuntos ancestrales, tomando conciencia de la excepcional longevidad de ciertos setos, verdaderos libros de historia...

Habíamos recibido de nuestros antepasados un sistema incomparable. De generación en generación, la estructuración en red fue mantenida, conservada y protegida, ¡y una sola generación a mediados del siglo XX acabó con esta maravilla insustituible y única en el mundo!

En Bretaña, Vendée, Mayenne y Normandía encontramos campos inmensos, expuestos al viento, por los que corre el agua de lluvia, arrastrando en su estela devastadora todos los productos químicos y tóxicos vertidos sobre los cultivos por unos inconscientes alejados de los verdaderos valores. Lloramos y gritamos ante la tremenda contaminación de las aguas cargadas de metales pesados y pesticidas peligrosos para el medio ambiente y para el ser humano, auténticos cócteles explosivos. Nos lamentamos frente a las inundaciones, cada año más numerosas y devastadoras.

Teníamos el deber de preservar este patrimonio y hemos fracasado en nuestra misión. Reconozcamos, al menos, que el conocimiento y la sabiduría de los celtas eran muy superiores a los nuestros... Habremos dado un gran paso, tal vez el que nos salvará.

Dioses y héroes
de la mitología celta

En este punto de nuestro estudio, parece oportuno elaborar una lista de los dioses y héroes celtas, que son muchos. Los vínculos y relaciones entre unos y otros no son siempre evidentes, pero esta nomenclatura debería facilitar la orientación del lector en este complicado laberinto.

Por otra parte, dioses y héroes tienen vidas (y a veces muertes) trepidantes. Cada uno de sus destinos alberga aventuras misteriosas y fantásticas, dignas de las más palpitantes epopeyas. Sin duda alguna, merecen nuestra atención.

La mejor clasificación parece ser el orden alfabético, y por eso es la que he adoptado.

Abarta

Este dios era uno de los numerosos tuatha de Danann. Propuso sus servicios a Finn Mac Cool, jefe de los Fianna, con el fin de perjudicarles. Regaló para ello un caballo gris al jefe de los Fianna, un caballo tan fogoso que nadie podía montarlo. Catorce guerreros de Finn Mac Cool se aferraron al animal para domarlo, ¡pero este se negó a avanzar! Entonces Abarta montó sobre el caballo, que se lanzó a un furioso galope, con un decimoquinto guerrero agarrado a su cola. La carrera terminó en el otro mundo, objetivo de Abarta. Los demás Fianna obtuvieron entonces una embarcación para buscar a sus camaradas en aquel país perdido. Abarta liberó a sus prisioneros y todos regresaron a Irlanda. Más tarde, perseguido por los gaëls, Abarta se refugió bajo tierra.

Aed Ruad

Era uno de los tres grandes reyes de Irlanda. Según la leyenda de Macha la Guerrera, compartía su poder en el Ulster con Cimbaeth y Dithorba.

Aengus

Aengus era el dios del amor, hijo de Dagda, dios druida, y de Boann, diosa de las aguas.

La belleza de Aengus era legendaria y su persona irradiaba un verdadero encanto. En torno a su cabeza volaban siempre cuatro pájaros. Estaba enamorado de la joven y bonita Caer, hija de Ethal, un tuatha de Danann, pero este rechazó al yerno... hasta la intervención de Dagda, que le hizo prisionero. Entonces consintió a la celebración de la boda, a condición de que Aengus pudiese reconocer a Caer, transformada en cisne, entre cincuenta más. Por supuesto, Aengus no podía cometer error alguno, ¡y el casamiento fue una fiesta sin igual!

Afang Du

Llamado el Negro (Du), Afang Du era el hijo de la bruja Cerridwen, ¡que veía en él al niño más feo de Irlanda! Con ayuda de sus filtros mágicos intentó embellecerlo, pero fue en vano. Se aprovechó del brebaje Gwyon, guardián del caldero de la bruja-druida. Este caldero mágico e inagotable era el del conocimiento, y el joven guardián que bebió de esta fuente inagotable de saber se convertiría, tras un largo recorrido iniciático, en el famoso bardo Taliesin, en el que algunos especialistas gustan de ver a una de las primitivas encarnaciones del druida Merlín...

Aife

Esta bruja, a la vez guerrera e iniciadora, acogió en su casa a Cuchulainn durante muchos años. Fueron amantes y tuvieron un hijo: Conlé. No obstante, Cuchulainn, dedicado a otros asuntos al margen de la familia, no volvió a ver ni a la mujer ni a la criatura. Salvo una última vez, en un combate en que Cuchulainn mató a su hijo, ¡sin tan siquiera haberle reconocido!

Tenemos aquí las bases de la leyenda artúrica, según la cual el rey Arturo tiene un hijo con su hermana Morgana, hijo al que matará en un último combate.

AILILL

La epopeya de este héroe se desarrolla en tres fases, fiel a la tradición celta, que profesa un verdadero culto a lo ternario.

Ailill era hermano del rey de Irlanda Eochaidh y tuvo la desgracia de enamorarse de la mujer de su real hermano... Esta esposa era una diosa, miembro de los tuatha de Danann. Étain, que así se llamaba, vivía una segunda encarnación junto a este rey en la ciudad de Tara, capital de Irlanda. El pobre Ailill murió pronto, debido a los tormentos generados por este amor sin esperanza. Su muerte no fue una verdadera muerte, sino más bien un sueño profundo y mágico que cayó sobre él cuando debía reunirse con la bella Étain en una casa situada en las afueras de Tara.

En su segunda encarnación, Ailill era rey de Connaught y esposo de la reina Medb. Dieron origen a una aventura que ha marcado la mitología: el combate de los bueyes. En efecto, la pareja real tenía que enfrentarse por la posesión del poder, y el vencedor sería aquel de los dos que tuviese el mejor rebaño de bueyes. El Pardo o Bello de Cualngé, animal de la reina, mató al Cornudo, animal del rey, pero murió al final del enfrentamiento como resultado de graves heridas. Así pues, la oposición fue en vano, primera etapa hacia la armonía de la pareja real que no desautorizarían los adeptos del arte de la transmutación...

Finalmente, llega la tercera y última fase de la epopeya de este héroe singular: es rey de Irlanda y padre de la más dotada y bonita bardesa, Étain. Pide su mano Mider, dios del Otro Mundo y hermano de Dagda. El rey acepta a cambio de ciertos trabajos que deberá efectuar Aengus, el heraldo, dios del amor. ¡Tendrá que desbrozar doce llanuras, cavar el lecho de doce ríos y obsequiar al rey con el peso de Étain en oro! ¡Hércules se queda muy atrás! La evolución del individuo llega a su término. Armoniza su reino y demuestra su sabiduría.

AINE

Aine es la diosa del amor en Irlanda. En su calidad de divinidad de los amores y por consiguiente de la fertilidad, se encuentra asociada con la tierra y con las cosechas. En Irlanda, durante el siglo XIX, todavía se le dedicaba una fiesta en la vigilia de la verbena de San Juan.

AIRMED

Esta druida, hija del dios médico Diancecht, estaba especializada en el arte de preparar mezclas de plantas que depositaba en la fuente de salud. Unas gotas de esta agua con hierbas medicinales bastaban para curar todos los males.

Sin duda celoso de su saber, Diancecht mezcló las hierbas de la receta, que desde entonces resulta secreta.

Aparecen en este relato los primeros testimonios acerca de los «milagros» de las fuentes sagradas, de aquellas que salvaron a numerosos soldados de los ejércitos de los tuatha de Danann.

AMAETHON

El «labriego» es el dios de la agricultura entre los galos, hijo de la diosa Dôn, equivalente galesa de la diosa Dana. Al robarle un pájaro, un perro y un ciervo a Arawn, señor del Otro Mundo, desencadenó el famoso Combate de los Árboles o *Cad Coddeu*, otra célebre aventura de la mitología. Durante esta batalla fantástica, su hermano, Gwyddyon, transformó los árboles en cuestión en soldados destinados a reforzar las filas de su ejército, una especie de zombis-mercenarios dedicados a la guerra.

AMAIRGIN

Llegado a Irlanda con los gaëls, tras el dios Dagda, Amairgin de la rodilla blanca fue probablemente el primer druida del país. También fue el primer druida que designó a un rey, Eremon, soberano del país, tras la feroz oposición de su hermano Eber. Sin embargo, las disputas entre los dos rivales no cesaron. Amairgin, el druida, fue también el autor de un poema místico e iniciático que figura en el *Libro de las invasiones*. Algunos relatos lo designan como padre adoptivo de Cuchulainn.

ARAWN

Era el rey de Annwf, el reino de los muertos, «el Otro Mundo». Se hizo amigo de Pwyll, jefe de Dyfed, tras un extraño encuentro en el bosque, donde una jauría de perros perseguía a un ciervo. Cuando este se encontraba acosado, Arawn el Gris adquirió de pronto forma humana ante Pwyll. Entre los dos hombres se establecieron acuerdos, hasta el punto de que aceptaron adoptar una apariencia recíproca durante todo un año.

ARIANRHOD

Su nombre significa «rueda de plata misteriosa». Es hija de la diosa Dôn, o Dana. Cuando debía someterse a la prueba de la virginidad antes de ser aceptada en el lecho de Math, que sólo podía dormir en compañía de una virgen, dio a luz a dos hijos después de pasar por encima de la varita mágica de Math. Los dos hijos eran Dylan y Lew. Arianrhod no quería reconocer al segundo, y el hermano de ella, el mago Gwyddyon, se hizo cargo de él, lo ocultó y lo educó. No obstante, Arianrhod impuso su ley y sus decisiones a su desgraciado hijo, hasta el punto de prohibirle el matrimonio con mujeres de la especie humana.

Este simple indicio es revelador del posible origen de los dioses de los tuatha de Danann. En efecto, si Arianrhod se niega a que su hijo se case con mujeres de la especie humana, cabe deducir que ella y los demás miembros de la tribu son de otra especie...

BADB

«La corneja», diosa irlandesa de la guerra, miembro de los tuatha de Danann, tenía un poder tan excepcional que podía influir en la beligerancia de los combates insuflando en los guerreros sentimientos de miedo o de valor. Dio a Cuchulainn el arte del disimulo, puesto que para conquistarle se vio obligada a transformarse en anguila y enroscarse en la pierna del héroe. En el instante en que la tuvo en las manos, para librarse de ella, del animal, obtuvo este don tan útil para un guerrero como él.

BADURNN

Este rey de Irlanda tenía la particularidad de ser esposo de una mujer que tenía una copa de cristal que se rompía en mil pedazos si alguien pronunciaba una mentira delante de ella; por el contrario, se reconstituía si se decía la verdad.

BALOR

Balor, además de ser el jefe de la tribu de los fomorianos era también el dios de la muerte.

Este ser ciclópeo era deforme, como la totalidad de los fomorianos. Se hallaba provisto de un ojo extraordinario que emitía un rayo térmico mortal y destructor. Entre los galos, este señor recibía el nombre de Balaros.

Durante la segunda batalla en la llanura de Mag Tured, Balor se enfrentó con el dios Lug, de los tuatha de Danann, pero también con su nieto Lug el Brillante, que salió vencedor de esta guerra que marcaría profundamente la mitología celta. Perforó el ojo fulminante de su abuelo con una honda. En efecto, había observado que el párpado de Balor caía muy despacio y que era levantado por cuatro servidores dedicados a tal servicio. En una de esas ocasiones en que el ojo era impotente, Lug logró sus fines con la ayuda de una honda mágica. También perforó la parte posterior del cráneo de Balor, y el rayo mortal así liberado escapó para tocar a los ejércitos fomorianos. Fue el fin de este misterioso pueblo.

BANBA

Banba era reina de los tuatha de Danann, sin duda alguna la primera. Desembarcó en Irlanda en compañía de ciento cincuenta mujeres y tres hombres... Estaba asociada con el jabalí y la cerda. Además del indiscutible símbolo de fecundidad que encarnaba, simbolizaba de manera particular el enorme poder espiritual de la druidesa que también era, puesto que estos dos animales constituyen, en cierto modo, los tótems del druida y la druidesa.

BANSHEE

Se trata de la mujer hada para los irlandeses. En forma de cisnes, las banshees se aparecen a los seres humanos de dos en dos, unidas por una cadena de oro, y revelan mensajes confiados por los difuntos.

Según algunos expertos, se trata de las últimas representantes de los tuatha de Danann que se refugiaron bajo tierra durante la invasión de los gaëls.

BELENOS

Es un dios galo más conocido con el nombre de Bel, patronímico que aparece en numerosos topónimos en Francia, por ejemplo Bel-Air, que es el emplazamiento de un antiguo lugar de culto dedicado a este dios. Por otra parte, estos lugares siempre se sitúan en un punto que domina los alrededores.

En Irlanda, su nombre es Bile. A principios del mes de mayo se celebra una gran fiesta en su honor, la fiesta de las hogueras de Bel Tan. *Bel*, por el nombre del dios y *tan*, que significa «hoguera» en bretón.

BLATHNAT

Es la esposa de Curoi Mac Daere, dios de la muerte de los tuatha de Danann y rey de Munster.

Se enamoró del héroe Cuchulainn y llegó a traicionar a su esposo proporcionando al primero el medio de penetrar en su fortaleza, hasta entonces inexpugnable. Tras la batalla, en la que el rey halló la muerte, Cuchulainn se llevó a su amante, así como al bardo del difunto rey, quien, para vengar a su señor, se precipitó al vacío arrastrando a Blathnat en su caída.

BLODEUEDD

El nombre de esta encantadora criatura significa «nacida de las flores». Maravillosa y excepcionalmente bella, fue creada por la magia de Gwyddyon y Math a partir de algunas flores de encina, retamas y reinas de los prados, para convertirla en esposa de Lew, hijo abandonado de Arianrhod, condenado por ella a no casarse con mujeres de origen humano. La pareja así formada vivió en armonía durante varios años, pero un día en que Lew había ido a visitar a Gwyddyon y Math, Blodeuedd ofreció alojamiento a un cazador del que se enamoró. Los amantes concibieron un malvado plan para asesinar a Lew, lo cual no fue fácil, puesto que había que reunir condiciones sobrenaturales para matar a aquel ser sobrenatural. Sin embargo, consiguieron reunirlas, pero Lew se transformó en águila y no murió. Para vengar a Lew, Math y Gwyddyon transformaron a Blodeuedd en búho...

Blodeuedd encarna la vida, el amor y la muerte, tres etapas de la evolución de los seres humanos entre los celtas. En efecto, cada uno de los dioses y héroes de esta mitología desarrolla en sí los elementos de una filosofía y una cosmogonía propias del mundo celta.

BOADACH

Con este nuevo príncipe del Otro Mundo, tenemos que enfrentarnos a una nueva paradoja temporal. Este rey envía a una joven druidesa a buscar a Conlé, hijo de Conn Cetchathach. Para que inicie el viaje con total serenidad, la joven le da una manzana, símbolo de la eternidad, de las que se encuentran en la isla de Avalón. ¡Conlé come del fruto durante un mes sin que se acabe!

BOANN

Es la diosa de las aguas y la madre de Aengus, dios del amor. El dios Dagda, su amante, logró alejar al marido de Boann, que partió en un viaje de nueve meses, aunque tuvo la impresión de haberse ido sólo por un día. Boann quiso purificarse en el agua de una fuente sagrada, en la que perdió un brazo, un ojo y una pierna. Su huida creó un río, el Boyne.

Tenemos aquí los elementos necesarios para la natividad, pero nos hallamos también ante una de las primeras paradojas temporales, muy apreciadas por los autores de ciencia ficción. Hay que reconocer que las leyendas celtas no se quedan cortas en este sentido. ¿Qué explicación puede darse a esta paradoja? ¿Un viaje por el espacio? ¡Esto arrimaría el ascua a la sardina de quienes defienden una procedencia extraterrestre de los «dioses» celtas!

En cuanto a las mutilaciones sufridas por esta diosa de las aguas, tienden a hacerla similar a los fomorianos. ¿Podría ser esto la explicación de sus deformidades? ¿Acaso se bañaron, como Boann, en un agua radiactiva?

BRAN BENDIGEIT

Este personaje, que recibe el sobrenombre de «el Bendito», es un dios galés del mundo invisible, aunque también interviene en el universo de los seres humanos. La vida y la muerte son juguetes en sus manos, y la suerte de los mortales depende por completo de su buena voluntad.

Para vengar el mal que su cuñado el rey de Irlanda hizo a su esposa Branwen, la «corneja blanca», hermana de Bran, decide ir a combatir contra los ejércitos de Irlanda. Cabe señalar que esta reina estaba condenada a trabajar en las cocinas y servir al soberano... La batalla se desarrolla en la fortaleza oscura, pero sólo siete guerreros galeses sobreviven a este conflicto. Entre ellos se encuentran Bran y el bardo Taliesin.

Bran está gravemente herido y pide ser decapitado. Entonces su cabeza es depositada siguiendo sus indicaciones, en la cima de una colina blanca, Gwynn Vryn, desde donde podrá proteger Bretaña (la actual Inglaterra).

Bran poseía un caldero mágico que permitía devolver la vida a los muertos, pero a su regreso al mundo de los vivos quedaban privados del habla...

BRAN MAC FEBAIL

Este personaje pasó por todos los grados de la evolución. ¡Fue príncipe, héroe y, por último, dios! Su nombre, Bran, significa «cuervo».

La epopeya mítica de la navegación que lleva su nombre cuenta cómo descubrió una isla fantástica después de escuchar el canto de extrañas mujeres. Esta isla, Émain, estaba cubierta de manzanos y ocupada sólo por mujeres, druidesas sin duda alguna. Bran y sus compañeros de viaje permanecieron varios años en ese lugar, y a su regreso a Irlanda nadie podía reconocerlos. Evidentemente, el tiempo pasado para ellos no había sido el mismo que el de los demás. ¡De nuevo, una paradoja! La isla de donde venían Bran y su tripulación se asemeja mucho a la famosa isla de Avalón, universo donde se encuentran los difuntos después de dejar tras de sí el mundo de los hombres, el de los vivos.

Bran Mac Febail se vio ante la imposibilidad de regresar a su tierra de Irlanda, ¡pues cuando su primer compañero puso el pie en el muelle se transformó de inmediato en polvo! Bran reanudó su viaje, pero hacia la eternidad. Un día, el druida Math lo reconoció, pues Bran llevaba una rama de aliso, lo que siempre hacía antes de su desaparición. Así, los atributos de Bran son el cuervo y el aliso.

Es evidente que la leyenda cristiana del siglo IX de San Brandán se inspira en la vida de Bran.

BRIGITT

Esta diosa «triple» es hija de Dagda, madre y esposa de los dioses y los primeros druidas. Posee los cargos, también en número de tres, de la salud, la poesía y la forja, a los que conviene añadir la inteligencia, la videncia y el hogar.

Es una divinidad brillante, luminosa y muy lunar. En los países escandinavos, su recuerdo sigue perpetuándose a través de la figura de Santa Brígida, encarnada en una ceremonia que le dedican muchachas vestidas con largas túnicas blancas y tocadas con coronas sobre las que arden velas.

BUAN

Es el guardián del manantial sagrado de la sabiduría y del conocimiento, rodeado de avellanos. Hadas y unicornios buscaban refugio en ese bosquecillo druídico. Las hadas en cuestión fueron declaradas como tales durante la época del cristianismo, puesto que en realidad eran unas druidesas que impartían las enseñanzas druídicas a orillas de este manantial.

CAER

Es una joven druidesa codiciada por Aengus, el dios del amor. Como ya hemos visto, la boda tuvo lugar una vez que Aengus reconoció a Caer bajo la apariencia de un cisne, entre otros cincuenta.

CALATIN

Este druida de origen fomoriano era deforme por completo, como los de su raza.

Fue iniciado en la magia negra durante diecisiete años, aprendizaje al término del cual fue enviado por Medb, reina de Connacht, a combatir contra Cuchulainn.

Calatin y sus hijos, aunque discapacitados, eran valerosos soldados que usaban con destreza sus lanzas envenenadas. La victoria llegó al campo de Cuchulainn con la ayuda de un guerrero de Connacht, que estaba en contra de esta guerra, conocida con el nombre de Tain Bô Cualngé.

Calatin murió, pero su mujer tuvo poco después tres hijas tuertas (¿o cíclopes?), como Balor, que se convirtieron en poderosas brujas, en lucha contra Cuchulainn...

CAMALL MAC RIAGAIL

Asociado con otro druida, Gamall, era guardián de las puertas de Tara, capital de Irlanda en aquellos tiempos feroces.

CATHBAD

En la mitología celta, el druida Cathbad es también un valiente guerrero que se impone a sus adversarios. Su nombre puede traducirse como «aquel que mata en combate». Tuvo el privilegio de iniciar y educar a su nieto, Cuchulainn, hijo de su hija Dechtire. En este personaje aparecen todos los aspectos de la función druídica. Descubrimos que a los cargos sacerdotales se añaden las actividades guerreras y educativas, y que, por último, un druida podía tomar esposa si ese era su deseo, o el de los dioses...

CERNUNNOS

El dios cornudo de los galos, dios ciervo, es la divinidad más cercana al pueblo y la más antigua del país.

Cernunnos es un dios tricéfalo que, generalmente, es representado sentado con las piernas cruzadas.

Otra de sus particularidades es que pasaba una parte del año bajo tierra y la otra en la superficie, donde era entonces responsable de la vegetación.

Cabe ver en esta alegoría el ciclo natural de la muerte y la vida. Las astas de ciervo confirman este símbolo, porque caen y vuelven a crecer; ¡la idea de regeneración es evidente!

Este dios galo ha sido injustamente asimilado al diablo por la cristiandad. Por supuesto, es una forma de denigrar las prácticas antiguas, que persistieron durante mucho tiempo en las regiones celtas. No olvidemos que numerosas obediencias druídicas practican aún hoy cultos antiguos...

CERRIDWEN

Esta divinidad es conocida también como bruja. Es madre de Afang Du, de curioso destino.

Poseía un saber excepcional en materia de arte mágico, por lo que también era una gran druidesa, muy poderosa. Además, es la diosa galesa de la abundancia y la fertilidad.

Nueve criadas soplaban las brasas de su caldero mágico, en el que hervían de forma permanente las más extrañas preparaciones. Para dar la belleza a su hijo Afang Du, preparó una mezcla capaz también de dar la sabiduría a quien la bebiese. Por desgracia, contrariamente a su deseo, no fue su hijo, sino un servidor, Gwyon, encargado de guardar el caldero, quien se benefició de esta fabulosa magia. Gwyon llegó a ser un notable mago, que al término de sus encarnaciones se convirtió en el célebre bardo Taliesin.

CESAIR

Según la tradición irlandesa, Cesair fue la primera mujer que pisó la isla Verde.

Los monjes encargados de transcribir las epopeyas celtas efectuaron una sabia mezcla entre episodios bíblicos, como el del Diluvio y Noé, y la llegada de los primeros celtas a Irlanda. Cesair habría sido, efectivamente, la primera mujer que desembarcó cincuenta días antes del Diluvio... Según los monjes, ¡Cesair no era otra que la hija de Noé! Era esposa de Fintan y madre de Cethern.

CETHERN

Este hijo de Fintan fue sumergido en un barril de tuétano por el druida taumaturgo Fingen para curarle una grave herida. Recuperado gracias a esta sorprendente medicina, Fintan volvió al combate, pero se vio obligado a sujetar los órganos que salían de la herida de su vientre.

CIAN

Hijo de Diancecht, dios subterráneo, padre (adoptivo) de Lug, fue lapidado por los hijos de Tuirenn cuando tenía la fisonomía de un jabalí. La tierra rechazó su cuerpo seis veces, antes de aceptarlo en su seno la séptima vez, pues en ese momento había logrado anunciarle a Lug la muerte de su padre. Como reparación, exigió de los criminales trece cosas, entre las cuales se incluyeron un perro, un cerdo, una piel de cerdo y tres manzanas. Esta extraña recolección tenía el fin de restablecer la luz y el orden tras el violento drama, contra las leyes de la naturaleza.

CITHRUADH

Su nombre significa «nube roja». Es uno de los cinco druidas de Cormac Mac Airt. A pesar de todo el poder de su magia, Cithruadh fue petrificado por el druida Mog Ruth durante la guerra que enfrentó a Cormac Mac Airt y Munster.

CLIODNU

Era la diosa del Otro Mundo, siempre acompañada de tres pájaros inmortales que se alimentaban sólo de manzanas. Su melodioso canto favorecía un sueño muy reparador. Cabe destacar la presencia casi ineludible del número tres que acompaña la descripción de la diosa, así como la de las manzanas, que cumplen a diversos niveles una función esencial en esta mitología celta. ¡La inmortalidad y el conocimiento son virtudes concentradas en un fruto tan común!

CONAIRE MOR

Este personaje, hijo del rey Eterscel y de Mass Buachalla, una de las tuatha de Danann, es uno de los valientes héroes celtas. Estaba dotado de tres dones excepcionales y esenciales para su función: podía oír, ver y juzgar como nadie.

Se convirtió en uno de los reyes de Irlanda más perspicaces, virtuosos y respetuosos, pero su reinado estuvo sometido a condiciones drásticas que no podía incumplir si no quería perder el trono. Las prohibiciones *(geis)*[3] eran extrañas: por ejemplo, no debía cruzarse con tres hombres de rojo yendo hacia una casa roja...

Además de ser extrañas, a priori había pocas posibilidades de que tales circunstancias absurdas se produjesen en su presencia. Así, el primer año de su reinado se desarrolló de la mejor de las formas, pero, por desgracia, y contra su voluntad, el rey de Tara, Conaire Mor, se vio en la situación de tener que afrontar los tabúes uno tras otro, hasta el punto de que perdió el trono y fue vencido y decapitado en un combate. Entonces tuvo lugar un nuevo prodigio a ojos de todo el mundo, puesto que la cabeza así separada de su cuerpo se puso a hablar para agradecer a sus adversarios esa liberación que en realidad acababan de otorgarle.

Cabe destacar que, a través de las aventuras de este infortunado héroe, hallamos las antiguas costumbres de los tuatha de Danann, que estaban desapareciendo al ser sustituidas por otras nuevas, las de los

---

3. *Geis*: reglas absolutas y permanentes que era imposible infringir. Las instituyeron los druidas y enmarcaban la vida civil y militar, no para frenar la evolución, sino, al contrario, para favorecerla, a modo de referencias. Los *geis* eran más una higiene social que tabúes reales.

recién llegados a la tierra de Irlanda. La historia de Conaire Mor marca un giro, una transición.

CONCHOBAR MAC NESSA

Este hijo de la reina Ness-Assa y del famoso druida Cathbad nació de una forma muy curiosa. En efecto, fue fecundado justo después de que su madre bebiese de un agua en la que nadaban dos lombrices. ¡El niño nació con las dos lombrices en cuestión dentro de la boca!

Conchobar Mac Nessa fue uno de los principales soberanos de Irlanda, cargo difícil de responsabilidades diversas para el que se formó poco a poco. Una aventura simbólica marcó este largo aprendizaje y su transformación en un rey lleno de sabiduría, dedicado a su pueblo. En efecto, los sesos de Mesgegra, rey de Leinster, lanzados con una honda por Cêt Mac Dagah, penetraron en el cerebro de Conchobar, ¡donde permanecieron siete años! Durante este periodo se convirtió en otro hombre, con numerosas competencias de su adversario; siete años de una enseñanza «forzada». Al final de esta enseñanza, más cercana a la iniciación que a la formación pura y dura, le estalló la cabeza. El notable rey del Ulster pasó así a otro nivel de conciencia.

CONLÉ CAN

Conlé Can se benefició de la inmortalidad y el conocimiento prodigados por la manzana mágica que le había dado una joven druidesa que le llevó hacia el Otro Mundo. La historia bíblica de Adán y Eva parece estar inspirada en este mito celta.

CONN CETCHATHACH

Este rey de Tara dio origen, tal vez, a la búsqueda del grial. En cualquier caso, la epopeya artúrica del grial se basa en su leyenda, pues en ella hallamos todos los arquetipos de esta búsqueda mítica.

En efecto, ¡cuando estaba visitando el Otro Mundo el dios Lug le entregó la copa del poder de los dioses!

CORMAC MAC AIRT

Fue el soberano más poderoso de Irlanda en los tiempos heroicos de los grandes guerreros Fianna.

Su legendaria sabiduría había marcado a los tuatha de Danann hasta el punto de que lo invitaron al Otro Mundo, donde recibió numerosos regalos en prueba de su reconocimiento. Entre los presentes, el más famoso fue, sin duda, una rama de manzano de plata, cubierta de frutos de oro, que producía una música encantadora y sanaba las heridas más graves cuando se agitaba.

CORRANN

Este druida del rey Con Cetchathach resultó del todo impotente ante la joven druidesa que se llevó con la magia de la manzana a Conlé Can hacia el Otro Mundo.

CREIDHNE

Este dios fue el más brillante orfebre de los tuatha de Danann, hermano del dios herrero Gobniou y del dios Luchtar, carpintero de obra de su estado.

Estas tres divinidades hicieron maravillas en la segunda batalla de Mag Tured, donde fabricaron sobre el terreno las diversas armas, entre ellas unas lanzas de efectos fulminantes.

CRIDENBEL

Fue un famoso File de los tuatha de Danann, con una voracidad más que legendaria, hasta el punto de que desviaba buena parte de las comidas del dios Dagda. Este escondió entonces tres monedas de oro en los alimentos y Cridenbel se ahogó con ellas.

La moraleja de esta historia pretende demostrar que no sirve de nada atiborrarse del vil alimento terrestre, que sólo puede perjudicar, al contrario de lo que ocurre con el alimento divino.

Este episodio inspiró en gran medida el relato bíblico del becerro de oro, que sus adoradores prefirieron al verdadero conocimiento.

CUCHULAINN

Cuchulainn significa «el perro de Culann», pero su primer nombre fue Setanta («el progreso»). ¡Es el héroe más famoso de Irlanda!

Este hombre poco común tuvo tres padres, muy importantes. El más conocido fue el dios Lug, el segundo fue Conchobar el terrestre y el tercero, Aimergin el druida, representante espiritual en cierto modo.

Este héroe «ardiente» y lleno de energía hacía hervir el agua fría de su baño en cuanto penetraba en ella. ¡También fundía la nieve a mucha distancia de donde se encontraba!

Scathach le enseñó el arte del combate y la druidesa Dordmair le inició en el verdadero conocimiento. Puesto que, además, estaba dotado de esta extraordinaria herencia, ¡podemos decir que merecía su reputación!

Siendo todavía un niño, un día se encontró en su camino con un perro terrible, al que mató sólo con la fuerza de sus manos. Recogió el cuerpo del animal y llamó a la puerta del herrero Culann, en cuya casa se hallaba casualmente el rey Conchobar. Desalentado, Setanta propuso ocupar el lugar del perro junto a su amo, ya que era un valioso auxiliar para Culann. Desde entonces, Setanta se convirtió en Cuchulainn, «el perro de Culann».

Toda su vida estuvo llena de hazañas, combates magníficos y victoriosos. Su valor suscitaba envidias y los enemigos se hicieron más acuciantes. Las tres hijas de Calatin, druidesas brujas, echaron un maleficio a Cuchulainn que le atrofió el hombro y una mano. Además, había perdido el apoyo de la druidesa Morrigan, despechada por el rechazo del héroe. A pesar de todas estas dificultades, él solo consiguió repeler los ejércitos de Medb, pero sus aliados llegaron demasiado tarde. Atacado por todos los flancos, Cuchulainn recibió una herida en el vientre y ni siquiera Lug, su padre, pudo sanarle. Al verse acorralado, se ató a una roca con objeto de permanecer de pie para combatir hasta el fin. Cuando murió, Morrigan, bajo la apariencia de una corneja, se posó en su hombro y los enemigos lo descuartizaron y diseminaron sus trozos sobre la tierra. Su hermano, Conall, logró encontrar los trozos y el héroe se convirtió entonces en mártir de Irlanda.

Las proezas del héroe Cuchulainn inspiraron en gran medida la epopeya artúrica... ¡Pero la leyenda de Osiris también se le asemeja mucho!

CUROI MAC DAERE

Curoi, «el perro del rey», es el dios de los difuntos en el panteón de los tuatha de Danann. Es el rey de las tierras protegidas por las Tres Compuertas de los pantanos de Fría Luna, las de los Pantanos de la llanura de Berg, por el Monstruo del lago y por los tres hijos de Música dotados de un gran puño...

Ocho barreras protegían sus tierras, vigiladas por diez guardianes. El acceso era imposible porque, además, una empalizada lo rodeaba todo. Reforzando sus ya eficaces defensas, un muro de piedra cerraba por completo el acceso, sobre todo porque estaba dotado de siete aterradoras cabezas.

Todos los misterios de esta numerología son simbólicos. Para penetrarlos conviene impregnarse por completo de la mitología y las creencias celtas. Descubrimos entonces que las cifras habituales en las epopeyas de los dioses y héroes no son fruto del azar, sino que revelan la sutileza de una sabia cosmogonía.

Como Merlín hizo con Morgana, Curoi reveló un día los secretos de su alma a su esposa, Blathnat. Afirmaba entonces que su alma estaba oculta en el corazón de una manzana (¡el fruto inevitable!) que sólo podía cortarse con la espada real. Pero la manzana en cuestión estaba en el estómago de un salmón (símbolo del conocimiento), al que sólo se podía hallar cada siete años (ritmo de los cambios del ser humano), en un río del monte Slieve Mis.

El héroe Cuchulainn, amante de Blathnat, tomó posesión de este fabuloso secreto al cabo de siete años. Con ayuda de la reina, agarró por la cintura a Curoi, cortó la manzana y lo decapitó. Fue un fin poco glorioso para este poderoso rey que sólo tuvo un fallo, ¡el de confiar en su esposa!

DAGDA

El dios bueno, por no decir... ¡el buen dios! Sin duda, es el dios más importante de la mitología. Su principal arma no es otra que una cachiporra, pero de un tipo un poco especial, hay que reconocerlo. En efecto, si por un lado hacía carnicerías entre los enemigos, por otro ¡resucitaba a los muertos! A este respecto, volvemos a encontrar el uso de la cachiporra de Dagda en forma de mazo en la Bretaña armoricana hasta el siglo XIX. Era el *mell benniget*, el mazo bendito, que facilitaba los últimos instantes de los moribundos para su paso a mejor vida, una función muy próxima a la maza del dios Dagda.

No cabe duda de que es este el dios que encontramos en Inglaterra en Cerne Abbas, Dorset, «tatuado» en la ladera de una colina. El personaje está inscrito en un pentágono regular, lo que demuestra un buen conocimiento de las leyes del número de oro por parte del artista que hizo la obra. Cabe destacar que esta figura geométrica se realiza con facilidad a partir de la estrella que forma el corazón de la manzana cuando se corta a lo ancho (véase este símbolo a propósito de Curoi Mac Daere).

Dagda es un dios politécnico, especialista en las artes y la magia, que además posee todo el conocimiento y la sabiduría de su extraño pueblo.

Es, pues, un jefe guerrero sin igual y un hábil soldado, pero también se asocia con la abundancia y la fertilidad (¡el gigante de Cerne Abbas está representado con el sexo erecto!).

Alimenta a sus tropas con un caldero mágico de contenido inagotable. Por lo tanto, sus atributos son la maza y el caldero.

Dagda es el primero de los druidas. En la segunda batalla de Mag Tured obtuvo grandes victorias, pero fue el dios solar Lug quien venció a los fomorianos en el combate final. Se comprende así que Dagda llevase a los hombres hacia la luz (Lug).

DANA

Es la diosa madre de los celtas y referencia en este sentido, aunque también iniciadora y poseedora del conocimiento, en el seno de las gentes de su tribu, que llevan su nombre.

En el fondo sabemos poco de ella, aparte de su universalidad, reconocida a través de otras divinidades, o similares, como Isis, Venus, María e incluso Ana, por citar sólo algunas.

Los galeses la llamaban Dôn, y su nombre se encuentra en el del río Danubio y el río Don, por supuesto, además de en el pequeño río bretón, el Don, que corre por un pequeño valle esquistoso, al pie de antiguos lugares de culto céltico, dominio de una antigua hada, el hada Carabosse.[4]

---

4. Véase al respecto, del mismo autor, *Le Monde étrange des fées, elfes, lutins, korrigans, gnomes et autres personnages,* Éditions De Vecchi, 2003.

DEMNÉ

Es el nombre de Finn, el dios ciervo, cuando era niño. Recibió sus enseñanzas en pleno bosque de Shabh Bloom, pero quería más. Ansiaba un conocimiento total y, para alcanzar tal objetivo, siguió el rito de iniciación dispensado por el druida Finegas. Al cocer el salmón dedicado al conocimiento, Demné se quemó los dedos y se chupó el pulgar para calmar el dolor. Este gesto le permitió saberlo todo, verlo todo, comprender, adivinar el pasado, el presente y el futuro. En cierto modo es como lo que le sucedió a Gwion Bach con el caldero de Cerridwen. Una vez adquirido el conocimiento Demné se convirtió en Finn el Brillante, jefe de la Orden de los Fianna.

DERBFORGAILLE

Esta hija de un rey de Lochlann, abandonada por este en una playa como sacrificio para los fomorianos, fue salvada por Cuchulainn, de quien no pudo evitar enamorarse. Transformada en cisne, fue herida por la honda de Cuchulainn. Recuperó su forma inicial y el héroe se apresuró a curarla chupándole la sangre que perdía en abundancia. Por desgracia, debido a ello no pudieron casarse, porque habían quedado así vinculados por la sangre.

Esta aventura es tal vez indicio de normas impuestas para la protección de la raza. Los matrimonios consanguíneos no eran deseables para evitar problemas. Hay que decir que los fomorianos eran buenos ejemplos, muy convincentes, para impedir semejantes dramas. Ello nos convence de que los dioses celtas eran, sin duda, hombres con una tecnología desconocida por los pueblos de Europa en la época de su llegada a Irlanda.

DIANCECHT

Es uno de los dioses miembros de la tribu de Dana, abuelo de Lug el Brillante. Tenía a su cargo la medicina y las tradiciones religiosas, así como el conocimiento en su sentido más amplio. Conocía a la perfección el uso de las plantas, pero también el de algunas técnicas de alta precisión. Por ejemplo, fue él quien fabricó una prótesis articulada de plata para sustituir la mano amputada en el combate del dios Nuada.

También devolvía la vida a los muertos sumergiéndolos en una fuente sagrada, cuya agua no podía explicar por sí sola la multiplicación de estos «milagros».

ELCMAR

Es uno de los miembros de la tribu de Dana, hermano de Dagda. Celoso de la llegada al mundo de Aengus, hijo de su hermano, intervino en el desarrollo del tiempo para oponerse al nacimiento de su sobrino, ¡que nació el día de su concepción! Mider, príncipe subterráneo, también hermano de Dagda, educó a Aengus y lo convirtió en una divinidad solar.

ESRAS

Era uno de los cuatro druidas primordiales de Irlanda, llegados con los tuatha de Danann. Impartía su saber en la isla de Gorias, donde se había fabricado la lanza de Lug el Brillante.

ÉTAIN

Era miembro de las tribus de Dana y su vida se dividió en tres encarnaciones muy distintas.

En la tierra, en el mundo de los seres humanos, fue la esposa del rey Eochaid, pero en el Otro Mundo lo fue del dios Mider. Dio a luz a una hija que era su propia reencarnación. Esta criatura se convertiría, a su vez, en esposa del dios.

Pero entre los dioses las cosas no son más sencillas que entre los seres humanos. Fuamnach, la primera esposa de Mider, no apreciaba este matrimonio. Con la ayuda de un druida, Fuamnach transformó a Étain varias veces. ¡Incluso tuvo el aspecto de un simple charco de agua! Cuando se evaporó el agua, Étain se convirtió en larva de insecto y luego en el insecto propiamente dicho. Arrastrada por una fuerte tormenta, Étain, bajo la apariencia del insecto, anduvo errando por los aires durante siete años. Al término de este formidable y largo viaje, se posó en el hombro de Aengus, el dios del amor.

Siempre celosa y al ver que Étain recuperaba sus fuerzas, Fuamnach hizo caer a Étain en una copa que apuraba la esposa de Étar, quien quedó embarazada de inmediato. Para romper el sortilegio, Aengus le cortó la cabeza a Fuamnach, pero Étain tardó mil doce años en volver a ser humana. Abandonó el mundo para reunirse con Mider bajo la apariencia de un cisne, su última encarnación.

FERGUS MAC ROTH

Este rey del Ulster estaba enamorado de Nessa, la esposa del rey que ocupaba el poder antes de él, pero esta sólo aceptó el matrimonio con una condición: ¡Fergus debía dejar que su hijo reinase solo durante todo un año! La rivalidad entre Fergus y su hijastro acabó con la muerte de Cuchulainn, como sabemos.

FIANNA

Los Fianna formaban una verdadera orden de caballería, mucho antes de la creada por el rey Arturo. Esta orden tenía una misión esencial: proteger al rey de Irlanda. El jefe de los Fianna, Finn Mac Cool, era un rey respetado por todos.

Los caballeros eran reclutados en el seno de dos clanes: los Morna y los Bascna. La selección era despiadada, puesto que el aspirante era enterrado de pie hasta la pelvis y, preparado y equipado con un palo y un escudo, debía someterse a los asaltos de nueve caballeros sin recibir herida alguna, pues de lo contrario su petición era rechazada de inmediato.

Además del arte de la guerra, los Fianna recibían una iniciación digna de la que se enseñaría siglos más tarde en el seno de la Orden del Temple.

FINGEN

Fue uno de los druidas más poderosos de todos los tiempos, médico de Conchobar. Fingen fue el que curó al rey cuando le alcanzó la honda de Cêt con un proyectil fabricado con arcilla y los sesos de Mesgegra...

Fingen era capaz de adivinar el número de ocupantes que había en una casa simplemente examinando el humo que salía de la chimenea.

Además, podía prever los acontecimientos y evitar así los más nefastos.

FINN MAC COOL

Fue el jefe de los Fianna, cargo que ocupó en cierto modo por herencia, puesto que su padre, Cumal, encabezaba antes que él la orden caballeresca. Cumal había sido asesinado por Goll, un caballero de la orden en cuestión. El individuo era especialmente violento, pues mató a su propio hijo, al que había tenido con una de las hijas de Finn Mac Cool. Tras este odioso crimen, los Fianna persiguieron a Goll, pero él prefirió morir de hambre a rendirse.

Bajo el mando de Finn Mac Cool la Orden de los Fianna alcanzó todo su esplendor y gloria. La orden desapareció con su jefe, cuyo fin se relata al menos en dos leyendas. La primera narra que murió en combate, al sofocar una rebelión entre las filas de sus caballeros. La segunda afirma que, al igual que el rey Arturo varios siglos más tarde, no estaría muerto, sino dormido en el fondo de una cueva esperando un despertar salvador para Irlanda y su pueblo.

FINTAN

Marido de Cesair, Fintan consiguió salvarse del Diluvio convirtiéndose en salmón, ¡ese símbolo eterno entre los celtas del conocimiento y el saber absoluto!

Fintan era uno de los cuatro druidas primordiales, encargado en especial de la transmisión del conocimiento, cometido que cumplió a la perfección en esta última metamorfosis.

Este fundamental druida enseñó a los irlandeses la imperiosa necesidad de no cambiar nunca las cinco provincias de la isla Verde.

FUAMNACH

Primera esposa del rey Mider del país de los muertos, hija adoptiva del druida Brezal, era una formidable druidesa maga. En conflicto con

Étain, la segunda esposa del rey, al tocarla con una rama de serbal la transformó de inmediato en un charco y luego en gusano. Este gusano caería al cabo de siete años en la copa de la esposa de Etar, un guerrero del Ulster, que se lo tragó de forma accidental... y dio a luz a su hijo Étain.

El dios del amor, Aengus, puso fin a todos sus sortilegios al cortarle la cabeza.

GILLA EL DURO

Gilla era mago de oficio y seguramente, incluso, un druida. Siempre llevaba al hombro una pesada maza de hierro que le asemejaba al Dagda, a Sukelos. Recorría montes y valles montado en un corcel de espantosa fealdad. Este extraño equipo propuso sus servicios al jefe de los Fianna, pero por desgracia el horrible caballo devoró a veintiocho caballos de los caballeros, después de lo cual estos, junto con sus monturas, huyeron hacia el mar con toda la tropa derrotada pisándoles los talones.

El mar en el que Gilla y su caballo permanecerían constituye en realidad un símbolo de purificación, de metamorfosis total; algún tiempo después Gilla regresó al seno de los Fianna, poco rencorosos, y luego volvió hacia el mar, ¡esta vez sin retorno!

El número 28 corresponde a un ciclo lunar e indica un periodo iniciático para este caballero de montura tan desconcertante.

GILWAETHWY

Era hijo de la diosa galesa Dôn y hermano de Arianrhod, Gwyddyon, Govannon y Amaethon. Se enamoró de Goevin, que estaba condenada a mantener sus pies en el seno de Math, dios galés que no estaba iniciado del todo, puesto que su existencia dependía de la presencia de una virgen. El dios, celoso, no apreciaba este amor entre Gilwaethwy y Goevin, y para castigarles los transformó en toda una serie de animales: cierva y ciervo, lobo y loba, jabalí y jabalina. Cada una de estas transformaciones de un año marcaba una etapa en la iniciación de la pareja y en su evolución. Cada vez, bajo la apariencia de los distintos animales, Gilwaethwy y Goevin tenían descendencia. Al término de este viaje iniciático y temporal, de estas diversas encarnaciones, la pareja pudo casarse por fin y formaron entonces la perfecta pareja alquímica.

GOBNIOU

Famoso dios herrero, se encargaba de fabricar las armas de los demás dioses y de los héroes de su clan, los tuatha de Danann. También era el responsable de preparar la bebida de los dioses, una especie de cerveza dotada de poderes mágicos que enardecía a las tropas, reforzaba los ardores en el combate y, al parecer, poseía algunas facultades taumatúrgicas sin igual.

Este dios de la forja, genial creador de todo un arsenal «mágico» sin parangón en su tiempo, se hallaba en la segunda batalla de Mag Tured, la que se desarrollaba contra los fomorianos. Fue herido por un espía fomoriano, Ruadan, hijo de Bress, que trataba de descubrir los secretos de su forja y sus eficaces armas; para curarse se sumergió en la célebre fuente de juventud, que obró el milagro en él como en las demás víctimas de la guerra.

También reconocido por la calidad de sus comidas, de las que los comensales salían dotados de la eterna juventud, Gobniou era un dios leal, sacrificado y apreciado por sus iguales.

En el Otro Mundo, Gobniou presidía las fiestas, lo que no dejaba de ser una tarea importante.

GOEDEL GLAS

Llamado «el Azul», en la mitología celta se le consideraba el inventor y creador de la hermosa lengua gaélica. Por esta razón, su nombre no puede permanecer en el olvido.

GOVANNON

En el país de Gales, Govannon es el señor del fuego y la forja, el equivalente de Gobniou. Govannon, que trabajaba entre el fuego y el calor, era también el copero de los dioses y, por lo tanto, pasaba de un extremo a otro; de la sequedad de su forja a la bebida de los dioses. ¡Altas responsabilidades!

Por último, Govannon era hermano de Arianrhod, Gilwaethwy, Gwyddyon y Amaethon.

GRIS DE MACHA

Ni héroe ni dios, Gris de Macha era el caballo de Cuchulainn, pero gozaba de un reconocimiento especial, puesto que era considerado, ni más ni menos, el rey de los caballos.

Enterado de la conspiración contra su amo, intentó en vano avisarle del peligro que le amenazaba. Para proteger a su amo atado a una piedra (¿o menhir?) para combatir hasta la muerte, Gris de Macha utilizó su cuerpo como escudo hasta la muerte de Cuchulainn, y después lloró lágrimas de sangre.

Héroe y caballo formaban una pareja divina y sagrada a la que sólo la muerte pudo separar.

GWION BACH

Llamado «el Pequeño», fue salpicado por la poción mágica preparada en el caldero de la bruja Cerridwen, inicialmente destinada a su hijo, Afang Du, y recibió el conocimiento a través de ella. Tres gotas, ni una más ni una menos, bastaron para esta transformación, para esta hermosa evolución. A partir de ese instante, el universo dejó de tener secretos a sus ojos y de esta manera supo que la bruja quería arrebatarle la vida.

Se dio a la fuga bajo las más diversas apariencias: liebre, pez, pájaro y grano de trigo. La bruja adoptó todas las formas favorables para su persecución hasta que dio a luz a un maravilloso niño, que no era sino Gwion reencarnado después de todo un ciclo de vidas en los distintos elementos. Encerró a su hijo en un saco de cuero y dejó que se lo llevasen las aguas. En la bahía de Cardigan el niño fue pescado por el príncipe Elphin el día de las hogueras de Beltain. Gwion se convirtió en el célebre e ilustre Taliesin, ¡el bardo entre todos los bardos!

Los tiempos de los cambios de Gwion son estaciones que marcan el ritmo de la vida de los seres humanos. Cerridwen es, a la vez, la muerte y la vida, manifestación del ciclo supremo de la existencia.

GWYDDYON

Sobrino de Math, trata de ayudar a su hermano Gilwaethwy, enamorado de la virgen Goevin, con la que quiere emparejarse. Pero ella está retenida por Math, el dios que no puede permanecer solo.

Gwyddyon fomenta una disputa entre Math y Pryderi, lo que obliga al primero a partir a la guerra y, por lo tanto, a alejarse de Goevin. Como sabemos, Math se vengará transformando a la pareja en ciertos animales, signos de su evolución.

Gran druida, iniciado a un alto nivel, Gwyddyon el mago se hace cargo también de la educación, formación e iniciación de su sobrino Lew, hijo de Arianrhod.

Gwyddyon es ya portador de todas las características de Merlín, otro futuro mago ineludible de la epopeya artúrica, otro eterno mito celta.

INDECH

Rey de los fomorianos, fue uno de los adversarios más duros de los tuatha de Danann. Murió en la segunda batalla de Mag Tured.

INGCEL

Este tuerto tenía la particularidad de tener un ojo que podía estirarse a lo largo e introducirse en cualquier lugar. Con la mirada de nuestra época, estas características recuerdan las de la fibra óptica.

KONERIN

Konerin podía vencer a las fuerzas tenebrosas. Destinado a fundar un nuevo mundo, toda su dimensión se afirma al saber que era hijo de la diosa madre. Por desgracia, su gloria fue muy distinta: fue asesinado y descuartizado, y los trozos de su cuerpo fueron quemados.

No obstante, se produjo un hecho asombroso: en medio de sus cenizas se encontró una manzana, símbolo de la inmortalidad. Dos mendigos se la entregaron a una anciana, que se la dio de comer a su hija virgen. Por este acto, especie de fecundación bucal, Konerin podía renacer por fin después de triunfar sobre la muerte.

Su milagrosa reencarnación simboliza su evolución espiritual debida a un tiempo transitorio en el secreto de una manzana, el fruto de la sabiduría, la inmortalidad y el conocimiento.

LADRA

Es uno de los tres hombres que desembarcaron con Banba, la reina de los tuatha de Danann, en Irlanda, cincuenta días antes del Diluvio, que parece ser el principal elemento que motivó la «emigración» de los dioses hacia la isla Verde. Para que este cuerpo expedicionario estuviese en su destino antes de la catástrofe, cabe creer que los tuatha de Danann la habían previsto... Sea como fuere, ellos consideraban el Diluvio un elemento determinante.

LAEG

Este héroe era el *guyonvac'h*, el conductor de caballos y cochero de Cuchulainn. Fiel en todas las circunstancias a su señor y compañero de armas, se situó entre Cuchulainn y la lanza que le estaba destinada para protegerle por última vez en el combate final del héroe.

Laeg gozaba de gran fama como cochero, aún más que el resto de cocheros celtas, muy apreciados por su excepcional habilidad en el arte de conducir un carro.

Laeg era, en su origen, un héroe marino.

LAM

Junto a Luam y Flesh, era uno de los tres druidas encargados de proteger la fuente mágica para el dios del Otro Mundo, Nechtan.

LER

Dios y rey de los tuatha de Danann, es padre seguro o supuesto de otros muchos dioses de Irlanda, y también, según la tradición, el rey del pueblo de las hadas. Este personaje se convirtió en el rey Lear de Shakespeare. Este autor no era otro que Francis Bacon, segundo personaje del reino de Inglaterra tras la muerte de Isabel I, gran iniciado de aquella época, uno de los hombres más brillantes de la humanidad.

En cuanto al pueblo de las hadas, la tradición afirma que no es otro que el de los dioses perdidos de los tuatha de Danann refugiados bajo tierra durante la invasión de la isla por parte de los gaëls.

Lew

Uno de los hijos de Arianrhod, había recibido de ella tres maleficios: no debía tomar esposa entre los seres humanos, no tendría arma mientras ella no se la diese y, por último, no tendría nombre mientras ella no se lo diese.

Criado por su tío, el mago Gwyddyon, Lew logró poco a poco liberarse de estos tabúes o maldiciones. No obstante, habría sido preferible que se hubiese abstenido de tomar esposa, siguiendo la prohibición de su madre, pues la que se convirtió en su compañera se apresuró a tener un amante y trató de matar a su marido.

En ese momento Lew se transformó en águila y voló por los cielos. Tras una larga búsqueda, Gwyddyon encontró a su sobrino, le devolvió la forma humana y curó sus heridas.

A Lew se le llamaba «el de la mano firme» por el valor ejemplar que mostraba en la batalla.

Lug

«El dios brillante», hijo de Dagda y de la diosa Ethne, Lug, «el de la larga mano», era una divinidad solar.

Es, sin duda, el más importante de todos los dioses de la mitología celta, y sus hazañas inspiraron a los bardos de todas las épocas.

A veces se le representa como dios tricéfalo. Los tres aspectos de su personalidad se inscriben a la perfección en este simbolismo, tan frecuente entre los celtas, tal como aparece en el *tribann* de los druidas o en los tres círculos concéntricos de la cruz céltica. Los tres rostros de Lug representan también su conocimiento pleno, más allá del espacio y el tiempo, ¡pasado, presente y futuro!

Por supuesto, Lug tenía las funciones de guerrero, pero también de jefe espiritual, y otorgaba la vida y la muerte, según las circunstancias. Aunque nació de los dioses, estuvo obligado a demostrar su capacidad y valor antes de ser aceptado y reconocido por sus iguales. Es una ocasión más para interrogarse sobre la veracidad de estos dioses celtas que se comportan, sobre todo, como seres humanos, tanto en lo que respecta a sus historias sentimentales, como en las de guerra...

Además, por lo visto estos dioses eran personas dotadas de una ciencia y una tecnología adelantadas respecto a las de los demás pueblos del Viejo Continente, que por ello los consideraron dioses.

Pero Lug también era, en una mitad, de origen fomoriano, y tal vez sea esta una de las razones de la desconfianza que le mostraron los tuatha de Danann. Su participación en la segunda batalla de Mag Tured contra los fomorianos fue determinante. Fue él quien logró matar a Balor, su abuelo, dotado de un ojo que lo fulminaba todo ante sí. El nieto no estaba desprovisto de esta extraña facultad, puesto que los cronistas afirman que Lug fue asaltado por una especie de frenesí guerrero durante este combate, hasta el punto de que uno de sus ojos se salió de su órbita y emitió también una mirada de fuego que lo destruyó todo a su paso. Por otra parte, Lug estaba equipado con una terrible lanza.

Resulta indiscutible que este joven y feroz dios aportaba no sólo el vigor y la fuerza de su edad, sino también unas armas nuevas que Dagda no tenía.

Aunque murió joven, parece que Lug regresó para combatir junto a los suyos tras la muerte de Cuchulainn, momento en que Conall afirmaba haber contado con la ayuda de Lug, que acudió a su lado sobre una extraña nube... ¿Nube o platillo volante?

Una de las grandes fiestas celtas está dedicada a él, la famosa fiesta de Lugnasad, que se celebra el 1 de agosto.

Mac Ceth

Dios del habla, de la elocuencia, de la tierra labrada, Mac Ceth era hijo de Ogma.

Tras la segunda batalla de Mag Tured y la muerte de Nuada, Mac Ceth se preguntó si debía compartir las tierras de Irlanda con sus hermanos. Inseguro, pidió consejo a un extranjero, pero este fue asesinado enseguida, pues Mac Ceth sospechaba que quería invadir la isla lo antes posible.

MACHA

Diosa irlandesa de la guerra, fue al principio esposa de Nemed, un escita vencedor de los fomorianos. La guerra es uno de los dominios de Macha, aunque reviste otros, pues se trata de una divinidad múltiple. De ahí su otro nombre de Triple Macha, diosa de las tres caras.

Es la creadora de los tuatha de Danann y, a menudo, se le representa bajo la apariencia de una corneja.

También es esposa de un campesino crunmiac, lo que indica su función como diosa madre, a la que puede aspirar, como Dana. Este marido la obligaba a enfrentarse con unos caballos a los que debía vencer corriendo mientras estaba embarazada. En esta prueba dio a luz a gemelos, pero calmó su cólera imponiendo con un sortilegio que los hombres de esa región sufriesen todos los dolores del parto durante cinco días. Sólo el héroe Cuchulainn no se vio afectado por esta maldición.

MAEDLUN

Héroe de carácter solar, es el viajero más grande de Irlanda. Hijo de una druidesa, se embarcó con sus amigos para descubrir unas islas lejanas. Esta expedición les obligó a transgredir los tabúes, los geis. Por esta razón, él y su tripulación se vieron condenados a afrontar acontecimientos extraordinarios a lo largo del viaje.

En la primera isla sólo encontraron asesinos; en la segunda, unas hormigas del tamaño de un caballo. El barco fue destruido y buena parte de la tripulación halló la muerte. Embarcados en una nueva nave, Maedlun y lo que quedaba de sus hombres desembarcaron en nuevas islas con gigantescos caballos. Llegó a continuación la isla del Salmón, donde la comida acudía con frecuencia en forma de salmones frescos a los platos de los marinos. Por último, en una última isla hallaron unas manzanas que proporcionaban la inmortalidad. Esto resulta lógico, puesto que, después de beneficiarse del conocimiento (el salmón), recibieron la inmortalidad, tan codiciada por todos los seres humanos.

El viaje de Maedlun era una búsqueda, la de los asesinos de su padre. Los encontró al término de su periplo y, por lo tanto, de su evolución, y perdonó su crimen.

El fabuloso viaje de Maedlun es, sin duda, el modelo de lo que será más tarde el viaje de Bran y luego, cristianismo obliga, el de San Brandán, cuyo nombre oculta tan poco a los dioses y héroes celtas.

MANANNANN MAC LER

Como su nombre indica (Mac, «hijo de...»), es hijo del dios rey Ler, con el que ya nos hemos encontrado, hermano de Dagda y de Ogma. No se sabe si su nombre procede de la isla de Man o si es al contrario, pero el vínculo es indiscutible. Mago, druida, rey del Otro Mundo, tenía una esposa considerada la mujer más bella de toda Irlanda. Era muy cortejada, sobre todo por el héroe Cuchulainn, pero al parecer la historia no tuvo consecuencias.

Manannann tenía hijos de esencia divina, pero también de origen humano, entre ellos un tal Mongan, que fue concebido exactamente según la misma estrategia que utilizó mucho más tarde, y por intervención de Merlín, Uther Pendragon para que naciese su hijo Arturo. Más adelante tendremos ocasión de evocar este episodio.

Esta historia de Manannann demuestra, una vez más, que la rica mitología celta sería definitivamente la base de todas las epopeyas celtas, entre ellas la de Arturo y sus valientes caballeros de la Mesa Redonda. El cristianismo se injertó sobre unos mitos que se adaptaban a la perfección a la filosofía de Cristo, al menos en el fondo, ¡ya que la forma es más que discutible! Así pues, Manannann se acostó con la reina de Irlanda tras adoptar los rasgos de su marido. De esta manera nació Mongan, dotado de algunos poderes extraordinarios, entre ellos el de cambiar de forma a voluntad.

MATH

Dios galés, hermano de la gran diosa Dôn, Dana para los irlandeses, sólo podía vivir si tenía sobre su cuerpo los pies de una virgen, rasgo particular que tiende a demostrar que todavía no era un dios perfecto (véase *Gwyddyon*).

MEDB

Fue la reina de Connaught a la que ningún rey podía sustituir a menos que se casase con ella para compartir entonces el poder. Obtuvo la conquista del Ulster, de forma que sus tropas pudieron capturar al toro de Cualngé en el episodio del combate de los bueyes, el Tain Bô Cualngé, que en realidad describe la guerra entre Connaught y el Ulster, entre la reina Medb y el rey Ailill. Aquel de los dos que poseyese el mayor rebaño de bueyes obtendría la supremacía sobre estas dos provincias. Se enfrentaron dos animales poderosos y magníficos: el Bello Cornudo de Ai y el Bello de Cualngé; ambos dejaron la vida en el campo de batalla.

Forbai, hijo del rey Conchobar, mató a Medb. La reina se bañaba cada día en un estanque de Galway. Forbai se había entrenado durante varias semanas en tirar con la honda, hasta el punto de poder alcanzar una manzana colocada en el extremo de un palo. Acudió a orillas del lago, se situó a la misma distancia de la reina que de la manzana en el extremo del palo, lanzó su piedra con la honda y mató a Medb de un golpe en plena frente. Esa fue la venganza del Ulster.

MIACH

Gran dios cirujano, hijo del dios médico Diancecht, el discípulo superó al maestro, ya que consiguió injertar un brazo entero en el dios Nuada gravemente herido, mientras que Diancecht sólo había logrado sustituir la mano de Nuada con ocasión de una herida anterior. Llevado por la rabia, el padre mató al hijo, y en su tumba brotaron enseguida trescientas sesenta y cinco plantas.

El símbolo de un ciclo anual es evidente en esta historia, ya que el número de plantas corresponde al número de días que tiene un año. La vida y la muerte se desarrollan en ciclos perpetuos. El padre que engendra al hijo, el hijo asesinado por el padre, etc.

MILE

Al parecer, era un soldado llegado de las tierras ibéricas para colonizar Irlanda. Con los suyos, entró en lucha contra los últimos representantes de los tuatha de Danann, que se retiraron vencidos a otro universo, bajo las tierras de Irlanda, según la tradición.

Este guerrero, o esta tribu madre de los gaëls (no se sabe muy bien), es el que puso en fuga a los dueños del país desde hacía muchas generaciones, desde el desembarco inicial, cuando los fomorianos eran aún los guardianes de Tor Inez.

MOGH RUTH

Este druida de poder fenomenal es heredero del conocimiento de los tuatha de Danann, lo que explica su carisma y su saber poco comunes, incluso entre la mayoría de los druidas. Para salvar su Eubage Fiacha, en lucha contra Cormac Mac Airt, ¡transformó a todos los druidas y druidesas de este último en piedras erguidas!

En numerosas leyendas celtas, incluso en la Bretaña armoricana, los menhires serían en realidad soldados o magos petrificados.

Mogh Ruth pasa por haber dado origen a la decapitación de Juan Bautista. ¿Podemos ver en esta alegoría una de las últimas victorias de los druidas frente a la evangelización de los territorios celtas? ¿El poseedor del saber de los antiguos dioses frente a los predicadores del nuevo Dios? ¿Por qué no...?

MORRIGAN

Diosa irlandesa de la muerte, estuvo junto a los tuatha de Danann durante las dos batallas de Mag Tured. Aparece sobre todo en forma de cuervo o corneja, y fue así como se posó en el hombro de Cuchulainn en el momento de su muerte. Podía adoptar otras formas y no dejaba de hacerlo, para seducir o para perjudicar.

Poderosa, envidiosa, en búsqueda perpetua de saber, lleva en sí todos los gérmenes de lo que será en el ciclo artúrico el hada Morgana, la que nació del mar y causó la perdición de Merlín.

NUADA

Dios de los orígenes, que pertenecía a los tuatha de Danann y desembarcó en su compañía en la tierra de Irlanda, en aquella época bajo la vigilancia de los fomorianos. Era él quien estaba al mando de las gentes de la diosa Dana durante el primer conflicto en la llanura de Mag Tured, frente a los fomorianos. Por otra parte, fue uno de ellos, Streng, quien le cortó la mano. Allí perdió también su posición de jefe, pero el dios médico Diancecht le fabricó una eficaz prótesis de plata que le devolvió, además de su autonomía, su lugar inicial, que estaba ocupado por Bress, lugarteniente de Nuada, poco dispuesto a dejar su importante cargo. ¿Rechazo de la prótesis? ¿Nueva herida? No se sabe, pero Nuada hubo de someterse a una nueva operación y esta vez fue el hijo de Diancecht, Miach, quien le sustituyó el brazo por otro de plata.

Poco después se entabló la segunda batalla de Mag Tured. En ella, el joven dios Lug dio prueba de sus aptitudes ante Nuada y luego se enfrentó con él en una iniciática y simbólica partida de ajedrez que le abriría las puertas del campo de batalla con el aval de su jefe, Nuada, que dejó su vida fulminado por el rayo mortal salido del ojo de Balor. Un primer ciclo acabó allí; los dioses primordiales cedieron su lugar a nuevos ídolos, más jóvenes, más fogosos y mejor armados.

A Nuada se le describía irradiando una intensa luz blanca, con una especie de rueda giratoria sobre la cabeza. ¿Se trata de la primera descripción de las aureolas atribuidas más tarde a los personajes bíblicos o de una nave espacial en vuelo estático sobre él?

OGMA

Es uno de los dioses de los tuatha de Danann, hijo de Dagda, especialmente venerado por los poetas, por los bardos. Es el equivalente del dios galo Ogmios. También es hijo de tres hijos, que son los tres druidas primordiales de Irlanda: Iucharba, Iuchar y Brian.

A veces está presente en vasijas antiguas, donde se le representa con la boca unida a las orejas de los oyentes mediante una cadena. No es imposible imaginarlo como uno de los grandes responsables de la comunicación, de la propaganda. En efecto, a través de las ondas, los micrófonos, los altavoces, los amplificadores y los cables, está unido a los oídos de aquellos a los que destina sus mensajes. Sólo se trata de una hipótesis y reconozco que puede no convenirle a todo el mundo, pero es evidente que en nuestra época conocemos todas esas tecnologías que se parecen, como clones en probetas, a las técnicas de los tuatha de Danann. Ogma es tan responsable de la comunicación que se le atribuye la invención de la escritura oghámica, formada por trazos verticales y oblicuos, un código secreto para la transmisión de mensajes de carácter militar.

También tenía a su cargo a los difuntos, a los que debía acompañar al Otro Mundo de los celtas, un lugar de paz y belleza, y etapa necesaria para descansar antes de una nueva encarnación terrestre.

Ogma se mostró especialmente valiente durante la batalla de Mag Tured.

PARTHOLON

Fue uno de los primeros invasores de la isla Verde llegados por las costas occidentales del país.

Partholon y su clan sumaban cincuenta personas, entre mujeres y hombres. Fueron ellos quienes desbrozaron los bosques, prepararon la tierra para el cultivo y excavaron los lagos. Eran la imagen del renacimiento que sigue al caos.

¡La presencia de las gentes de Partholon en la isla Verde duró cinco mil años! Una epidemia fulminante los diezmó. Las nociones de tiempo resultan bastante vagas, ya que dioses y héroes pasan del mundo de los seres humanos al Otro Mundo, donde las distorsiones temporales son moneda corriente.

PRYDERI

Este hijo de Pwyll y Riahnon nació el día de las fogatas de Beltan. Tras ser raptado del seno de su madre por un pretendiente al que esta había rechazado, Pryderi fue criado por Teirnon, que lo había encontrado en sus cuadras.

No volvió a reunirse con su madre hasta siete años después. Observamos en este hecho el ciclo habitual de las evoluciones entre los pueblos celtas.

Sucedió a su padre muerto y se convirtió así en señor de Dyfed. Cuando su madre volvió a casarse con el hijo del dios Ler, se produjeron fuertes truenos y una espesa niebla que ocultó todo el entorno. Una vez disipada, nada era como antes, todo había desaparecido. Sólo quedaban Pryderi, su esposa, su madre y el nuevo marido.

Estuvieron ausentes de su tierra unos dos años e intentaron volver durante todo ese tiempo al país de Gales. Por el camino, Pryderi encontró en unas ruinas una copa de oro atada con cadenas a una pesada piedra. Cuando tuvo la copa entre las manos, estas quedaron pegadas al metal y desde entonces fue del todo incapaz de moverse o hablar. Riahnon trató de ayudar a su hijo y volvieron a desaparecer en una nube tan repentina como espesa. En realidad eran víctimas de una vieja maldición que pesaba sobre el padre de Pryderi.

Hallamos una evocación de esta escena en la pequeña iglesia de Tréhorenteuc, en pleno corazón del bosque de Brocéliande, en Bretaña. La diferencia es que está en un cuadro, integrada en el mito artúrico, según la voluntad del padre Gillard, que en 1942 inició la restauración del edificio con la ayuda de un prisionero alemán. Siguiendo una inspiración divina, este sacerdote realizó una afortunada mezcla de las tradiciones celtas y cristianas, en la prolongación de la sensibilidad de las novelas dedicadas al ciclo de la Mesa Redonda y de la búsqueda del grial. Un magnífico mosaico, cuadros y vidrieras evocan los mitos celtas antiguos y recientes.

PWILL

Era un gran señor galés que ejercía su autoridad incluso en el Otro Mundo.

Cuando, tras numerosos intentos, Pwill tuvo un hijo con su esposa, Riahnon, el bebé fue secuestrado. Las sirvientas, celosas de su señora, colocaron unos huesos junto a ella mientras dormía y los mancharon de sangre.

Al despertar, Riahnon fue acusada de haberse comido a su propio hijo. Como castigo, Pwill le ordenó guardar la entrada del castillo, contar su crimen a los visitantes y transportarlos sobre su espalda a través de toda la propiedad.

Su existencia estuvo marcada por su encuentro con unos extraños perros cazadores blancos de orejas rojas. La jauría era de un príncipe del Otro Mundo, cuyo lugar ocupó Pwill durante un año con objeto de matar al adversario de este príncipe. Pwill se libró del enemigo y recibió como recompensa unos cerdos mágicos de los que se servían en el festín de los dioses y que garantizaban la inmortalidad.

RIAHNON

Esposa de Pwill, madre de Pryderi, también fue esposa de Ler tras la desaparición de su primer marido. Como resultado de un sortilegio, fue criada de Llwyt, bajo la apariencia de un asno.

Todas las desgracias de Riahnon provienen de su negativa a desposarse con Gwawl, con quien estaba prometida. A raíz de este hecho su padre lanzó un maleficio contra Pwill y su familia.

Riahnon está muy vinculada a los caballos. Montaba un magnífico caballo blanco cuando conoció a Pwill. Su hijo raptado fue encontrado en una cuadra y, además, ella tuvo el aspecto de un asno durante muchos meses.

Los pájaros que la acompañaban a todas partes podían devolver la vida a los muertos con sus cantos.

Este personaje tan especial dentro de la mitología celta soporta dolorosas pruebas afectivas, vejaciones y humillaciones, pero conserva la paciencia y la tolerancia. ¡Una verdadera sabia!

Es Épona para los galos.

RONAN

Druida y ermitaño, permanece en lo más profundo del bosque, donde le acusan de transformarse en lobo. La asociación de los dos símbolos, el druida y el lobo, forma una amalgama entre el conocimiento y las fuerzas lunares y nocturnas. El lobo es un tótem psicopompo, en relación con el Otro Mundo, la tierra de los muertos.

En la tradición celta y en numerosas leyendas de Bretaña, el lobo está muy presente; es el iniciador envidiado y temido a la vez.

RUADAN

Hijo del dios Bress, el traidor de la tribu de Dana, y de la diosa Brigitt, fue enviado para espiar las forjas y manufacturas de armas de Gobniou en la segunda batalla de Mag Tured. Se excedió en su misión cuando, súbitamente furioso, cogió una de las extraordinarias lanzas de Gobniou y se la hundió en el pecho. El dios logró arrebatarle el arma, probablemente mal utilizada por Ruadan, y la empuñó contra el joven héroe, que murió en sus brazos. Dicen que las lágrimas de su madre, que acudió a recogerle en el campo de batalla, fueron las primeras derramadas en Irlanda (no las últimas, por desgracia...).

SCATHACH

Poderosa guerrera, druidesa de alto grado, es una iniciadora para los fabulosos héroes de la mitología celta, entre ellos Cuchulainn. Además del saber de la alta magia y del amor, enseñó a este último el arte y las técnicas de la guerra. Al término de su formación, regaló a Cuchulainn un arma fabulosa y mortífera: una especie de lanza que hacía un diminuto agujero al penetrar en la carne, después de lo cual se dividía en treinta excrecencias que desgarraban y despedazaban el cuerpo de las víctimas.

Scathach formaba a individuos excepcionales, todos destinados a un brillante futuro. Puede considerarse la iniciadora de las primeras hermandades de caballería, y los Fianna le deben mucho.

SCOTTA

La más lejana antepasada de Escocia, según algunas leyendas hija de un faraón de Egipto, de ella nació un hijo llamado Goidel, que fundaría la dinastía de los gaëls.

Este relato es digno de interés porque las más antiguas tradiciones celtas están vinculadas a veces a la mitología egipcia.

SENCHA

Es druida con Conchobar y se sitúa junto a Cuchulainn cuando se reconoce a este como un verdadero héroe durante el gran festín de Brirciu.

Con ayuda de su varita mágica, Sencha logró atenuar la agresividad de los ulates.

TALIESIN

Es el bardo de «frente brillante», ¡que debemos interpretar como el bardo de brillante inteligencia! La tradición galesa afirma que fue el primero en disfrutar de ese don tan codiciado: el don de la profecía.

En su primera encarnación fue el guardián del caldero de la druidesa Cerridwen y se llamaba Gwion Bach, pero, debido a una torpeza, le salpicaron tres gotas de la poción de la maga, destinada a su monstruoso hijo, Afang Du, para hacerle bello. Gracias a este incidente, Gwion pudo adquirir todo el conocimiento de Cerridwen y se convirtió en Taliesin, el bardo sabio, después de encarnarse en diversos animales, una liebre, un pájaro y un pez, hasta ser devorado por Cerridwen cuando era grano de trigo.

A Taliesin se le atribuye la epopeya del *Câd Goddeu*, el Combate de los Árboles, texto iniciático que constituye la base de la iniciación druídica.

TUAN MAC CAIRILL

Según algunos fue el último superviviente del clan de Partholon porque era un hombre bueno y justo.

A lo largo de sus encarnaciones transmitía el conocimiento del que era digno poseedor. En efecto, pasó varios siglos en el cuerpo de distintos animales (águila, buitre, ciervo, salmón, etc.), etapas necesarias para su evolución personal y su enseñanza.

Entre los celtas, la metempsicosis es un elemento ineludible de la iniciación, tanto en el seno de la casta religiosa como en el del pueblo, que no podía afrontar la vida sin un mínimo de saber, sobre todo en lo que respecta a las encarnaciones pasadas, que influían mucho en la vida del presente.

No era raro que un guerrero, un marino o un agricultor buscasen en el druida el consejo necesario para sus acciones, consejo que sólo se daba con el pleno conocimiento adquirido en las pasadas encarnaciones.

Tuan Mac Cairill constituye una referencia en materia de conocimiento, de espiritualidad druídica.

TUIRENN

Hijo del dios Ogma, del clan de los tuatha de Danann, era a su vez padre de los dioses Brian, Ichar y Iucharba, rivales del gran Lug y de los hijos de Diancecht. Después de asesinar a Cian, padre de Lug, sus vástagos fueron condenados por este a emprender una serie de pruebas casi imposibles de realizar. Lograron llevar a cabo muchas de ellas, pero perecieron, agotados, ante Lug, cuando Tuirenn iba a pedir gracia para ellos.

UATH MAC IMMONAINN

Este gigante participaba en una serie de pruebas que debía vencer el héroe Cuchulainn con ocasión del gran festín de Brirciu. Impuso una última competición llamada «el Juicio de Uath», que consistía en cortarle la cabeza a condición de que el valeroso combatiente que intentase la aventura aceptase, a su vez, perder la cabeza al día siguiente. Sólo Cuchulainn intentó la prueba, que en realidad era una prueba iniciática. Una vez más, el héroe salió vencedor frente a este gigante que unía sensatamente los desafíos físicos y sicológicos.

Uath no deja de evocar al futuro héroe de las leyendas celtas, el voraz demiurgo Gargantúa.

NUEVO DIOS, NUEVOS HÉROES

La civilización celta brilló durante largos milenios en el continente europeo, pero poco a poco, una vez alcanzado su apogeo, se instaló en una especie de rutina que no le resultó saludable.

Los dioses y héroes habían muerto o partido, desaparecido, retirados a otro mundo. Las múltiples tribus que componían esta sociedad tan particular abandonaban su vida errante para instalarse sobre todo al oeste de Europa. Redones, volcos, voconces, vénetos, treviros, senones, secuanos, santones, salienos, remos, pictavos, pictos, parisii, morinos, namnetas, osismos, curiosolitos y tantos otros pueblos que por centenares ocuparon las islas Británicas, las Galias y la península Ibérica ya no eran nómadas. Fue una profunda transformación que se impuso poco a poco, pero de forma irremediable, y que hizo perder a estos pueblos las bases fundamentales de su identidad.

¿POR QUÉ SE PRODUJO LA DECADENCIA?

Los expertos proponen varias explicaciones a la decadencia de la civilización celta. Además de que los tuatha de Danann ya sólo eran recuerdos, sin duda venerados, pero recuerdos no obstante, y que por ello faltaba su presencia junto al pueblo y su poderosa tecnología para reforzar una verdadera oposición frente a nuevos conquistadores, la inmensa extensión de las tierras ocupadas por los celtas hacía incontrolable cualquier incursión.

Sus fuerzas así dispersas se habían debilitado. Encajonados entre los eslavos, a su vez atacados por hordas asiáticas y luego por los pueblos germánicos y los romanos, los celtas retrocedían hacia las Galias.

Por último, hay que reconocer que los celtas tenían un defecto esencial: un fuerte individualismo, muy superior en su carácter a todo civismo o interés colectivo. Su pérdida era inevitable. Julio César lo escribió así: «En la Galia, no sólo todas las ciudades, sino también todos los cantones y fracciones de cantón, e incluso podríamos decir que las familias, están divididos en partidos rivales».

Sin embargo, cuando se lograba una unión esos guerreros eran los más terribles adversarios y nada ni nadie podía detenerles; Roma se acuerda muy bien... En el siglo IV a. de C., los celtas asolaron Italia y Grecia, pero esa época también resulta lejana.

Los guerreros galos, bien instalados en una vida cómoda, ya no tenían el vigor, el ardor ni el coraje de sus antepasados.

Todo el mundo conoce la famosa conquista de la Galia por las legiones de César. La Galia era un territorio que debía entrar forzosamente en el seno romano. Este país rico, muy favorecido por los dioses, encerraba muchas maravillas, metales, piedras, madera en abundancia, tierras cultivables, viñas extraordinarias (sí, los galos cultivaban la vid de maravilla y fueron los inventores del barril). Además, era un país estratégico que sólo podía suscitar la codicia de un imperio aún poderoso pero en decadencia.

La conquista de la Armórica no fue fácil. Gracias a la poderosa flota de los vénetos, se producían numerosos intercambios entre la península y las demás regiones celtas, como el país de Gales, la isla de Man, Cornualles e Irlanda.

El comercio funcionaba bien y los puertos de Vannes o Corbilo (Saint-Nazaire) se abrían al mundo, cosa que modificaba las mentalidades. Los vénetos encabezaban la oposición al invasor, que, privado de víveres, dependía de la buena voluntad de los celtas armoricanos, pero estos lo rechazaron de forma categórica. Las legiones estaban en mala posición frente a un enemigo hábil en el mar y, por lo tanto, inasequible. Consciente del peligro, César envió su flota de naves de guerra, que entonces tenía su base en el estuario del Loira, probablemente donde se encuentra Saint-Brévin-l'Océan o Paimboeuf. Con la ayuda de las tribus del sur del Loira, celosas de sus poderosos vecinos, la marina romana venció rápidamente a las pesadas naves de cuero vénetas. El combate, que fue una carnicería, se desarrolló en el golfo de Morbihan. El valiente y orgulloso pueblo de los vénetos fue reducido a la esclavitud por Julio César, vendido como ganado en una feria... ¡Acababa de pasar una página de la gran historia de los celtas en la tierra de Armor!

Los romanos fueron avanzando cada año hacia el oeste y el norte, imponiendo por la fuerza (la *pax romana* sólo es un camelo) otra cultura, otras costumbres. De todos modos, no fue un choque extremo, pues los dioses romanos tenían numerosos puntos en común con los dioses celtas, lo que facilitó mucho las relaciones. Algunas divinidades eran incluso veneradas por los latinos, como Épona, diosa gala de los caballos, cuya fiesta se celebraba en Roma el 18 de diciembre.

Hubo que esperar la llegada del cristianismo para que los celtas tuviesen que enfrentarse verdaderamente a una formidable prueba que daría lugar, a largo plazo, a una civilización de cultura original y muy específica.

Esta civilización constituye una sabia mezcla de pasado pagano y cristiano, que hace que los celtas de nuestra época sean los únicos pueblos de Occidente que viven en una especie de universo donde la realidad y lo imaginario no tienen una frontera definida.

FRENTE A LOS MISIONEROS

Los primeros cristianos fueron bien aceptados por los celtas, sobre todo por los druidas, ya que, al igual que ellos, eran perseguidos por Roma. Por fin sucedió lo que debía suceder, el ocupante romano se volvió hacia el nuevo Dios, un Dios que habría sacrificado su vida para redimir los pecados de la humanidad.

Los galorromanos iban a impregnarse de la filosofía de una nueva religión ante los ataques bruscos y violentos de los monjes evangelizadores.

En el año 313, el emperador Constantino decretó la libertad de cultos, pero en el 325, cuando él mismo se consagró obispo, el poder episcopal mermó el poder político y la religión cristiana se convirtió en religión de estado.

Así pues, otros pioneros, varios milenios después de los primeros, iban a aventurarse en estas tierras colonizadas por unos pueblos a la vez feroces y muy civilizados. Pero las verdaderas murallas que había que franquear estaban formadas por una multitud de sacerdotes celtas, que practicaban sus ceremonias al aire libre: ¡eran los druidas!

Por sorprendente que pueda parecer, los monjes no encontraron una oposición demasiado virulenta por parte de estos sabios druidas, que, como sabemos, se hallaban en las Galias, un poco en las costas atlánticas de Iberia, en Cornualles, en el país de Gales y en Irlanda.

La razón de esta falta de oposición es sencilla: en su esencia, el mensaje de Cristo no contradecía la filosofía de los druidas; por el contrario, monjes cristianos y sacerdotes celtas estaban de acuerdo en muchos aspectos.

Para los misioneros, los sentimientos hacia los druidas sólo podían ser amistosos. En efecto, los druidas practicaban sus rituales y se reunían con el pueblo en templos a cielo abierto, ¡cosa que al fin y al cabo hacía Cristo! Además, sus doctrinas no se oponían a las palabras de Cristo. Por último, no podían dejar de reconocer el excepcional saber de aquellos hombres respetados por el pueblo que sabían mantener con su sabiduría el equilibrio precario de fuerzas antagonistas.

Fue mucho más tarde cuando el enfrentamiento se hizo inevitable, ¡en el instante en que la Iglesia decretó que los dioses celtas no eran sino demonios adorados por unos brujos de prácticas condenables!

Hacia el siglo IV se tiene la primera certeza de la presencia de obispos en Nantes, Vannes y Rennes (obispo Saint-Clair de Nantes hacia el año 460, San Patern en Vannes y Anthénius en Rennes), lo que equivale a decir que el cristianismo fue un artículo raro en la Armórica y bastante tardío.

Unas doctrinas muy alejadas de la sabiduría de Cristo empezaban a «minar» seriamente el terreno. En el famoso concilio celebrado en Éfeso en el 431, la virgen María fue declarada «Theotokos», ¡Madre de Dios! Con estas nuevas bases resultaba difícil conciliar las virtudes de la diosa madre con las de la Madre de Dios, ¡además declarada virgen! Perdía o, mejor dicho, le quitaban las características de la diosa madre.

Otros escollos iban a alimentar una disputa que desde entonces programaría el repliegue de los antiguos cultos, marginados de la sociedad por la Iglesia todopoderosa y política, muy decidida, por todos los medios, a someter a las poblaciones e imponer su poder, y ello durante muchos siglos.

Hay que decir que los primeros monjes irlandeses no escatimaron esfuerzos. Uno de los primeros en «apisonar» las tierras celtas fue San Colombán. Nacido en el año 521, evangelizó en primer lugar la isla de Iona, cuna de la cristiandad en Escocia. Tras establecer allí un monasterio, se embarcó hacia la Armórica y predicó la palabra de Cristo en Carnac, ¡tierra pagana donde las hubiera! A continuación, implantó un monasterio en Luxeuil, ciudad que recibe su nombre del dios Lug. ¡Los objetivos del buen monje no eran casuales! Hay que decir también que fue el primero en crear una sabia mezcla entre su religión y la de los druidas, a los que no se había opuesto ferozmente. Adamnan, en su *Vida de San Colombán*, escrita en el 704, cuando era abad del monasterio de la isla de Iona, afirma que a la llegada de Colombán a la isla había druidas ocultos, pues les perseguían las legiones romanas. Al parecer, hizo lo necesario para protegerles y preservar sus ritos y costumbres.

Roger Luc Mary explica en su obra *Les Secrets et Mystères de la tradition celtique*[5] que en este periodo de plena actividad de San Colombán la Iglesia condenaba severamente lo que denominaba *druidechta*, el pecado de druidismo. ¡El tono estaba dado!

SAN PATRICIO

Los cultos antiguos eran persistentes y los misioneros debían esforzarse mucho, pero la lucha se volvía desigual. Irlanda, más lenta en convertirse que las demás regiones celtas, debido sobre todo a su situación geográfica, tendría, sin embargo, un serio promotor de la nueva Iglesia en la persona de San Patricio, ese hombre que debía su supervivencia a los druidas.

Mucho antes que San Colombán, San Patricio había tomado el camino de la evangelización en la tierra que asistió un día al desembarco de misteriosos y poderosos dioses, así como a su lucha para vivir junto a los seres humanos.

Nació en Gales en el año 385, en el seno de una familia bastante acomodada. Cuando tenía dieciséis años, fue capturado en las costas británicas por un clan de irlandeses y se convirtió en un esclavo más. Como tal, fue vendido a un druida llamado Miliuc y permaneció a su servicio durante seis años. ¿Huyó o fue liberado por su amo? No se sabe, pero apareció en la Armórica hacia el año 431. Fue ordenado diácono en Auxerre y luego obispo de la Iglesia católica, apostólica y romana.

Cuando vivía junto al druida Miliuc pudo haber sido iniciado por este en los misterios druídicos e incluso, por qué no, haber recibido la iniciación de los druidas. Se trata de hipótesis presentadas como ver-

---

5. En Éditions De Vecchi, 1997.

dades absolutas con demasiada frecuencia y que, personalmente, pongo en tela de juicio.

Entre los celtas, por muy avanzados que fuesen, un esclavo era un esclavo. En algunos casos podía acceder a la libertad, pero más le valía fugarse, pues el resultado era más seguro. En estas condiciones, ¿cabe imaginar seriamente que el druida Miliuc hiciese de un esclavo un sacerdote? ¡Es poco probable! Es evidente que el joven Patricio picoteó aquí y allá algunas migajas de la enseñanza y las prácticas druídicas, pero no hay que excederse.

De todas formas, imaginemos que el druida tomó afecto al muchacho y decidió enseñarle. En tal caso, no debemos olvidar que Patricio permaneció sólo seis años al servicio del druida, y que este periodo es poco tiempo para «formar» a un druida. El doctor Le Scouëzec, Gran Druida de la Gorsedd Digor en Bretaña, me explicaba en el año 2000, cuando recababa algunos datos necesarios para la redacción de *Les druides et la spiritualité druidique*:[6] «Para ser druida, ¡hace falta el bachillerato y veinte años más!».

Lo que es válido en nuestro tiempo lo era aún más en la época de Patricio y Miliuc, en que el sacerdocio de los druidas estaba aún muy cerca de sus orígenes, el aportado por Dagda, dios druida de los tuatha de Danann.

Sea como fuere, Patricio se convierte en obispo y decide volver a Irlanda, cosa que se parece mucho a una venganza. Despliega todos sus esfuerzos para cristianizar a ese grupo de paganos que antaño le retenían contra su voluntad.

¿Patricio fue, pues, discípulo de un druida o simplemente su servidor? De una cosa podemos estar seguros, ¡quiso doblegar a los druidas bajo el peso de Cristo!

Mediante la astucia y la prestidigitación, hizo que el héroe Cuchulainn apareciese ante una asamblea de asombrados druidas, y las palabras que salieron de la boca de aquel poderoso guerrero asestaron un terrible golpe a los últimos sabios de Irlanda. En efecto, el espectro de Cuchulainn renegó de la religión de los druidas, ¡evidentemente en beneficio de la nueva!

El rey de Tara y sus hijas, que estaban presentes, quedaron también impresionados, hasta el punto de que las dos hermanas pidieron a Patricio que las bautizase. ¡En cuanto finalizó la ceremonia

---

6. En Éditions De Vecchi, 2001.

murieron las hijas del rey! ¿Bautismo, magia o veneno? ¡Cabe preguntárselo! Aunque resulta difícil creerlo, pese a esta horrible tragedia de la que Patricio era responsable, ¡el rey no le impuso castigo alguno!

Al menos es así como la leyenda transmite las hazañas del «santo» varón...

A continuación, para acabar su obra destructora, Patricio impuso rápidamente el uso de la escritura y del latín, lo que hizo que Irlanda pasase en poco tiempo de la tradición oral, base esencial de su cultura, a la tradición escrita, alteración catastrófica de toda una civilización.

Llevado por el ardor de su misión, hizo talar los árboles de los bosques sagrados de Irlanda, privando así a los druidas de su universo, de sus «libros» más venerables.

Una vez relegados los druidas y sus prácticas religiosas, la Iglesia se convirtió en soberana. Se organizó una auténtica persecución y los druidas que rehusaron incorporarse a las filas de la Iglesia fueron apresados y ejecutados.

En ese preciso momento, los nuevos monjes, por obligación, transcribieron el viejo saber de su pueblo, sus viejas tradiciones y sus antiguas leyendas, adaptándolo todo a la salsa cristiana para que pasase mejor. Entonces se instauró una verdadera resistencia, tanto en la isla Verde como en el continente. Una resistencia para la que la sabiduría y el conocimiento de los druidas eran joyas que había que proteger del desgaste del tiempo y de la corrupción de los seres humanos. Contra viento y marea, los druidas transmitieron sus creencias de generación en generación hasta la Edad Media, pero en aquella época apareció un nuevo peligro, una nueva maravilla de la caridad cristiana: ¡la Santa Inquisición!

San Patricio murió en el año 461. A pesar de haber perjudicado tanto a sus lejanos antepasados irlandeses, sus descendientes, convertidos por completo y empujados por las autoridades religiosas, escogieron a este personaje como patrono de su país.

Es preciso señalar que las bacanales y otras libaciones que la fiesta de San Patricio suscita en todas las comunidades irlandesas del mundo tienen un ingrediente pagano que gusta ver como una justa compensación...

Nacía una nueva era en la que los países celtas y sus poblaciones descubrían a unos adversarios que ejercían su valor y celo con virulencia y mala fe.

EN LA ARMÓRICA...

La península había abierto una brecha hacia Irlanda, puesto que su proximidad con la Galia la había condenado a sufrir también los asaltos de los misioneros. A su llegada, estos «soldados» de la Iglesia hallaron una curiosa mezcla de dioses celtas y latinos. Los druidas eran muy discretos y sus ciencias se dividían en distintas prácticas supersticiosas, de la curandera al adivino local, pasando por todas las variedades de ensalmadores.

Debemos a este extraño periodo de transición una formidable herencia de remedios «caseros» que aún persisten en lo más profundo de nuestras zonas rurales.

Los druidas eran indiscutiblemente discretos, pero los más irreductibles se habían retirado a lo más profundo de los bosques armoricanos, que aún eran bellos e impenetrables. Poco a poco, su saber se integró en los gremios forestales. Todos esos oficios, del desbrozador al carbonero, pasando por los aserradores y los leñadores, formaban grupos con usos, costumbres y un lenguaje que les eran propios. Los druidas hallaban de forma natural en ellos a unos dignos herederos de ritos y tradiciones imperecederos.

Otros druidas se incorporaron a las filas de los monjes, cambiaron el sayo de lino blanco por el sayal oscuro y sus greñas por tonsuras al estilo eclesiástico, muy en boga en los monasterios. Sin embargo, no por ello perdieron su primera fe, al contrario, aprovecharon la nueva situación para consignar en pergaminos lo esencial de su conocimiento, adaptado al lenguaje de la Iglesia y al mensaje de Cristo. Prepararon bases de datos excepcionales, una riqueza que varios siglos más tarde les sería útil a los obreros constructores, que bajo la batuta de los caballeros del Temple elevaron hacia los cielos esas extraordinarias naves de piedra que son nuestras catedrales.

En la Armórica la cristianización fue laboriosa. No cabe duda de que las ciudades fueron las primeras alcanzadas por esta agresiva evangelización, mientras que las zonas rurales, por tradición más reacia a las novedades, se aferraron con gusto a los cultos ancestrales.

Los escuadrones de San Martín se situaron en primera línea y se enfrentaron a muchas dificultades. Sólo la tribu de los namnetas, situada en el Loira, Nantes y sus alrededores, y la de los redones, ubicada en la Vilaine, donde en la actualidad se hallan Redon y Rennes, se abrieron a la religión de Roma. En el resto del territorio, el apego a las prácticas druídicas se mantuvo con fuerza.

RESISTENCIA

Las invasiones bárbaras de los siglos IV y V, de francos y burgundios sobre todo, frenaron mucho el cristianismo, que se basaba entonces en una organización eclesiástica muy frágil e insuficiente. Por ello, se produjo un retorno del paganismo.

En la Gran Isla de Bretaña, los bretones tuvieron que afrontar la invasión de los bárbaros sajones que se inició hacia el año 450. Acorralados, al principio los bretones hallaron refugio en las costas occidentales de la isla, hacia Cornualles, pero también hacia el norte, en Cumbria y, por último, en Gales.

No obstante, fueron muchos los clanes que, para escapar de forma definitiva a los sajones, no vacilaron en cruzar el canal de la Mancha en el siglo VI para alcanzar la Armórica (pero también Galicia) y mezclarse con los celtas del continente, lo que evidentemente contribuyó a frenar el avance del cristianismo en la península.

Con estos nuevos inmigrantes asistimos al refuerzo de los antiguos cultos, que han dejado huellas hasta nuestro siglo.

Los bretones insulares abordaron las costas de la actual Francia por los principales puertos, Vannes y Corbilo. Sin duda alguna, la península de Guérande era otro punto estratégico. ¿Se trata de un país blanco o de un país sagrado? Es opinión general que Guérande significa País Blanco, *Gwen Rann* en bretón, debido a sus milenarias producciones salinas. Sin embargo, si investigamos un poco más la antigua historia de este lugar, nos damos cuenta en seguida de que aún resultan muy visibles algunas huellas de la religión celta. Así, es habitual tropezar con un lugar llamado Bel-Air y encontrar también en la toponimia numerosas alusiones al arcángel San Miguel. Ocurre en Guérande, pero también entre Batz-sur-Mer y Le Croisic, donde hay una playa Saint-Michel decorada con suntuosos megalitos. Los indicios son suficientes.

En efecto, ¿quién puede pretender que un aire es bello? Nadie. Un sitio llamado Bel-Air es, ante todo, revelador de un lugar antaño dedicado al culto de Belenos, cuyos atributos son también los de Mercurio y luego de San Miguel. Por lo tanto, *Gwen Rann* no significa País Blanco, sino País Sagrado, puesto que el blanco es el color sagrado por excelencia, según la tradición de los druidas. Hallamos exactamente este mismo caso no lejos de allí, en Guémené-Penfao, que no es la Montaña Blanca en la linde del Bosque de Hayas, sino la Montaña Sagrada en la linde del Bosque de Hayas. Por otra parte, existen muchas posibilidades de que aquellos bretones que desembarcaron en la zona de Guérande continuasen su camino hasta Guémené-Penfao. Allí, a orillas del Don, en un marco muy propicio para el mantenimiento de las tradiciones druídicas, fundaron una comunidad de sacerdotisas y otra de druidas e instauraron un culto a la diosa Dana, Dôn entre los galeses. Y el río que corre apaciblemente por este valle de Guémené heredó el nombre sagrado, pues en la zona de Guémené estamos en presencia del famoso valle de Dana.

¡De este periodo en concreto y de este encuentro entre los bretones de la Gran Isla y los pueblos de la Armórica nacería la nación bretona que aún existe en nuestra época!

IGLESIA CELTA DE BRETAÑA

Mal que bien, la Iglesia logró imponer sus ritos y dogmas, aunque en las regiones celtas de las islas Británicas y en la Armórica tuvo que adaptarse para no desaparecer. La adaptación fue tal que en la mayoría de estas regiones se instaló una cristiandad monástica perfectamente integrada en su entorno social y místico.

Entre los siglos V y VI fue el patriarcado de Roma el que evangelizó las Galias, salvo la Armórica. Por su parte, las regiones insulares celtas se situaron bajo el patriarcado de Antioquía y, por lo tanto, bajo el gobierno de la Iglesia oriental. Esta diferencia tiene consecuencias importantes en la herencia de las obediencias druídicas contemporáneas, que sin este contexto en particular se habrían visto privadas de un auténtico pasado. La tradición de los druidas se ha transmitido sin interrupciones en el seno de la Iglesia oriental hasta nuestros días, pues la evangelización por parte de la Iglesia de Antioquía se desarrolló sin enfrentamientos y con buena voluntad, a diferencia de lo que ocurrió con el patriarcado romano.

Así, los druidas insulares se integraron en la Iglesia de Antioquía o cooperaron con ella sin tener que renegar de su fe inicial. Esta Iglesia celta se hacía incluso en cierto modo heredera de la filiación espiritual poseída hasta entonces por los druidas, ¡desde la más remota Antigüedad!

Entre los afortunados frutos de esta originalidad, cabe destacar que los monasterios de Irlanda en particular constituían auténticas referencias por la excepcional calidad de sus trabajos, reconocida en el conjunto del mundo occidental, y por un saber de gran valor. Los monjes copistas y los iluminadores confeccionaron auténticas obras maestras, decoradas con rasgos trabajados y complicados, admirados en toda la cristiandad. También se ocuparon de recoger la tradición céltica, bajo la dirección implícita de los druidas integrados en los conventos. Los libros y la escritura se convirtieron, por obligación, en medios seguros para garantizar el saber antiguo.

La Bretaña armoricana se situó también bajo la égida de este patriarcado, aunque en épocas más tardías, hasta el 818, año en que la regla de San Benito fue impuesta por el sacro imperio romano germánico en todas las tierras que lo componían.

La regla de San Colombán tuvo que ser abandonada y así, al menos desde el punto de vista teórico, la herencia druídica quedaba eliminada del conjunto de las Galias. En realidad, en la penumbra de los monasterios se mantuvo la transmisión en silencio, hasta el día en que, por impulso de los templarios, pudo regresar al primer plano, tal como atestiguan los mensajes esculpidos en la piedra de catedrales e iglesias.

A finales de los años setenta y principios de los ochenta, tuve la suerte de conocer a Herri Hillion «Yellen», obispo de la Iglesia misionera celta, cuyo monasterio estaba situado en Run Meno Park, en el Vieux Marché localizado en Côtes d'Armor. Este hombre era depositario de esa antigua filiación, mezcla lograda de las tradiciones celta y cristiana. Me explicó muchas veces el largo proceso de transmisión hasta llegar a él.

Por desconocimiento, y con el pretexto de satisfacer las exigencias del «pensamiento único», nueva Inquisición, este monasterio se vio asimilado, con el nombre de la Orden monástica de Avalón, a las distintas sectas clasificadas por Jean-Pierre Van Geirt en su libro *La France aux cent sectes*,[7] junto a Amway, Azazel Institut, Incorporated-Lilim o los Caballeros del Loto de Oro.

En Saint-Dolay, Morbihan, el monasterio de la Iglesia celta ortodoxa de la Santa Presencia no oculta sus relaciones con los druidas contemporáneos. Numerosos monjes provienen de «bosquecillos»

7. Éditions Vauvenargues, 1997.

druídicos. Los monjes ortodoxos de este monasterio, acusados también de sectarismo, fueron criticados por el obispado de Vannes. ¡No es saludable presumir de la herencia céltica y druídica! Por fortuna, los religiosos de la Santa Presencia, sagaces y tolerantes, obran con toda serenidad, sin tener en cuenta los chismes sin fundamento alguno que unos curiosos cristianos difunden contra ellos.

En el origen de esta Iglesia celta, los fermentos estaban allí, cultivados, refrescados y mantenidos. Pese al abandono de la regla de San Colombán, se había salvado lo esencial de la tradición céltica y druídica. Pronto resurgiría, en la Edad Media, a través de los héroes de una literatura cargada de «materia celta», como sucede con las epopeyas del rey Arturo y sus caballeros de la Mesa Redonda, acompañados en sus aventuras iniciáticas por el druida Merlín, al que se prefiere calificar de Encantador para ocultar su verdadera identidad, su auténtica filiación.

A propósito de estas publicaciones, debemos interrogarnos sobre esta prosa, alimentada de forma evidente por un saber antiguo y que demuestra bien la perennidad de esta tradición, ¡cuando las instancias oficiales pretenden hacernos creer que se perdió hace dos mil años! Las afirmaciones de los historiadores nos dejan estupefactos.

GARGANTÚA

Hubo algunos intentos individuales de volver a lanzar la filosofía de los druidas a lo grande. Tenemos el ejemplo de Éon de l'Étoile, pero, por desgracia, también hay que reconocer que la Santa Inquisición se ponía en seguida manos a la obra para desarraigar las malas hierbas, demasiado agitadas.

En el siglo XII, en pleno corazón del bosque de Brocéliande, un hombre originario de Loudéac creía ser Dios y atacaba a los habitantes de la región y a los ermitaños que vivían en el bosque.

A fuerza de oír el final de las oraciones, que decían *Per **eum** qui venturus est judicare vivos et mortus et saeculum per ignem...*, acabó oyendo *Per **Éon***, ¡por lo que le parecía evidente que la misión de juzgar a los vivos, a los muertos y al siglo por el fuego le correspondía del todo. En realidad, predicaba la filosofía de los druidas de forma extremista.

Después de muchos meses en que él y sus discípulos escaparon a los agentes de la Iglesia, fue detenido y encerrado en la abadía de

Saint-Denis, donde murió poco después. Sus amigos, Sabiduría, Juicio y Ciencia, fueron quemados vivos. ¡Con estas cosas no se juega!

Por fortuna, la materia celta no quedó disuelta. Poco a poco, nuevos héroes vinieron a encarnar los valores que los druidas defendían de forma tan brillante. Antaño, dioses y héroes formaban una especie de cemento que unía entre sí a los distintos pueblos celtas. Volvieron los tiempos en que sus hazañas debían inscribirse en esta nueva sociedad que iba tomando forma con el paso de los siglos.

Entre los nuevos héroes se encontraba el gigante Gargantúa, que no tenía mucho que ver con el famoso personaje de François Rabelais; este Gargantúa era más bien una forma caricaturesca de los dioses antiguos o un dios intermedio que poseía algunas características de las antiguas divinidades.

Encontramos sus huellas en la toponimia. En Nantes, capital de los namnetas, había un monte Gargan cuyo recuerdo se halla en la famosa calle de Gigant, que sube hacia las alturas de la ciudad, y también en un antiguo puente sobre el Chézine que llevaba ese nombre. Ruán, la galorromana *Rotomagus*, está cerca de un monte Gargan. En Italia, ¡el Monte Gargano es un monte muy famoso en el que dicen que se apareció el muy cristiano arcángel San Miguel! Otros muchos lugares hacen referencia a este Gargan/Gargantúa, y San Miguel puede ocultar también el antiguo culto que se practicaba a los dioses olvidados Belenos y Lug.

Un día, a principios del siglo VIII, el obispo de Avranches recibió la visita del arcángel, que al parecer nunca se alejó de un monte dedicado a Gargantúa. De estos hechos cabe deducir que la cristianización de ciertas alturas antaño consagradas al gigante fue programada y decidida en las altas esferas del papado.

Esta programación fue en detrimento de un pasado que la Iglesia consideraba molesto. Así, por ejemplo, el Mont-Saint-Michel-au-Péril-de-la-Mer habría sido un templo consagrado a dos dioses perdidos: Belenos y Gargantúa. Es evidente, pues el gran escritor Geoffrey of Monmouth hace de Guurgunt, en sus obras, ¡el hijo de Belenos! Este Gargantúa pertenece a la hermandad de los antiguos dioses y Rabelais no dejó de inspirarse en él para su obra. Este autor cumplió una función esencial en la transmisión de las leyendas de inspiración celta, lo que, para un hombre de Iglesia, es una confesión de las inspiraciones célticas del cristianismo.

¿Gargantúa salió de la mitología celta o precelta? Es difícil saberlo con certeza, pero este gigante forma parte de nuestra historia, de nuestra prehistoria, y es una de las joyas de nuestro patrimonio. Dotado de un gran apetito y de una fuerza temible, juega con las muelas de los molinos como otros con bolas de corcho. Modela la naturaleza a su gusto, en función de sus necesidades y de su humor. Al parecer, un día abandonó su Galia natal por los paisajes de Normandía, el valle del Ródano y Auvernia, donde volvemos a encontrar su rastro, para llegar al bíblico monte Ararat, cuya cima se llama Gargan, ¡donde el padre Noé habría varado su arca! Esta aventura lo vincula así, en cierto modo, al Diluvio, que aparece como un tema recurrente en la mitología celta.

Su extraordinario nacimiento entra de pleno en la ortodoxia de las leyendas celtas. Su madre, Gallemelle, que no debe confundirse con la Gargamel de Rabelais, ni con el Gárgamel de Peyo y sus Pitufos, dio a luz una anguila con cabeza de niño que se desarrolló en la boca de la madre durante todo el periodo de gestación. La anguila adquirió forma humana más tarde, pero nunca dejó de tener un aspecto bastante enclenque.

Como en los mejores cuentos, Gargantúa tenía unas hadas en torno a su cuna: Morgana, Proserpina, Ysangrina, Cornalina y Filocrátix, que también debía convertirse en su madrina. Esta hada frecuentaba los manantiales, pozos y arroyos. Su hija, la famosa Morgana, cuyo nombre significa precisamente «nacida de las aguas», crió al niño y le dio toda su educación. También era su nodriza y, como sirena, amamantaba al bebé con su leche, que, como todo el mundo sabe, era una leche especial, que explicó más tarde la excepcional estatura de Gargantúa. Gargantúa vivió en Plevenon, una pequeña población de Côtes d'Armor.

Así pues, era hijo de un hada de las aguas que fue criado por otra hada de las aguas, pero ¿quién fue su padre? La respuesta se encuentra en el Mont-Saint-Michel-au-Péril-de-la-Mer; el feliz padre no era otro que el dios solar Belenos, ¡el equivalente galo de Lug el brillante!

Gargantúa no era el primero que llegaba. Su extraña gestación, su nacimiento y su vida de adulto nos informan sobre sus diversas encarnaciones, muy digno en este aspecto de los dioses y héroes celtas. ¡Se inscribe por completo en esta estirpe! Por otra parte, hallamos otras características en sus aventuras, que figuran también en el haber de los dioses del panteón celta. Así, el número siete, que aparece a menudo en sus peregrinaciones, es también un número recurrente para numerosos dioses celtas.

Veamos algunos ejemplos:

— siete años separan las dos batallas de Mag Tured;
— siete guerreros galeses sobreviven al combate de Bran Bendigeit contra los irlandeses;
— la tierra acepta el cuerpo muerto de Cian, que fue lapidado, al séptimo intento;
— los sesos de Mesgegra permanecen siete años en el cerebro de Conchobar (¿rechazo de un implante de cerebro?);
— siete cabezas cortadas deben asustar a los posibles asaltantes en las murallas protectoras de las tierras de Curoi Mac Daere;
— una manzana mágica se halla en un salmón que sólo acude al río cada siete años para la metamorfosis de Curoi;
— Cuchulainn se apodera del secreto de la manzana a los siete años;
— la lombriz cae al cabo de siete años en el vaso de la esposa de Etar;
— Pryderi encuentra a su madre después de siete años...

Gargantúa sembró unos guijarros por el camino, como una especie de Pulgarcito gigantesco. Aquí hallamos una piedrecita de Gargantúa, allí un guijarro, más allá una roca... Debía tener una buena estatura el tunante, pues sus gravas perdidas son al menos del tamaño de un buen menhir, ¡que no es poco!

A veces se le ve en compañía femenina. Ocurre en Montoir-de-Bretagne, cerca de Saint-Nazaire, o en Saint-Lyphard, en Brière. Algunos pretenden que su acompañante no era otra que Melusina, el hada constructora, pero también el hada serpiente. En realidad, no se le conoce concubina y resulta probable que Melusina fuese sólo una consejera, ¡ya que el pobre gigante no brillaba por su inteligencia!

Si bien Rabelais le da descendencia, la leyenda y la mitología son más discretas sobre el tema y, al parecer, nadie más que él tuvo que llevar esos genes sobrehumanos y misteriosos.

Su función resulta vaga, pero podemos afirmar, sin temor a equivocarnos, que era psicopompo, o sea, que acompañaba a los muertos hacia el Otro Mundo, el tercer círculo de la cruz céltica.

Según la leyenda, murió en los collados del Loira, en la zona de Angers. Al parecer, allí devoró unos molinos de viento cuyas alas le perforaron los intestinos. Fueron necesarias cuarenta y nueve parejas de bueyes para tirar de su cuerpo hasta Bretaña, donde tiene al menos dos sepulturas, una situada hacia el Rance y otra en Corlay, en Côtes d'Armor.

Jean Markale aporta una información esencial que puede dar valiosos indicios en cuanto a los orígenes de Gargantúa. En su libro *Chartres et l'énigme du dragon*,[8] explica que hay un grupo de estatuas muy conocido en la Galia del Este con el nombre de jinete l'Anguipède. La escultura representaría a un caballero que vence a un monstruo con cara de gigante y cola de serpiente. Representaría al dios romano Júpiter, pero en realidad no le corresponde la descripción. Se oculta así una divinidad gala, ¡el famoso Gargantúa! Esto explicaría sus relaciones con la serpiente Melusina, de quien era hermano o, al menos, primo. Su gestación, también serpentiforme, revela definitivamente el carácter de este dios singular.

Si el Mont-Saint-Michel-au-Péril-de-la-Mer se llamaba antaño el monte Tombelaine, no hay que olvidar que ese nombre ocultaba en realidad el monte Bélène, dedicado a Belenos. Ahora bien, la tradición nos dice que el Mont-Saint-Michel, el monte Tombelaine y el cercano monte Dol son guijarros tirados por Gargantúa. En aquellos tiempos remotos, toda la bahía del Mont-Saint-Michel estaba recubierta por un bosque, el bosque sagrado de Sessiacum, dedicado a la diosa gala Sessia, garante de la buena siembra y de generosas cosechas. Esta vasta extensión cubierta era un bastión de los druidas, que disponían para sus ceremonias de tres famosos montes que aún no estaban rodeados por las aguas.

En Loire-Atlantique, en Saint-Nicolas-de-Redon, a orillas del Vilaine, en un paisaje llano y pantanoso, la roca de Gargantúa sale de la tierra o del agua según la estación. Las peñas que jalonan las regiones francesas servían en las épocas arcaicas de santuarios, lugares de culto.

Algunas leyendas relatan los feroces combates entre el diablo y el arcángel San Miguel en el monte que hoy en día lleva su nombre o en el monte Dol, cuyas rocas fueron arañadas por el príncipe de las tinieblas. Cuentan, en definitiva, las luchas entre los misioneros evangelizadores y los druidas, presentes en esta región salvaje.

Mi opinión es la siguiente: durante la cristianización de la Galia, para evitar algunas persecuciones, los galos de aquellos tiempos confusos habían ocultado al dios Belenos detrás de Gargantúa, personaje legendario al que se atribuyen todas las proezas del primero. Uath, el gigante que retó a Cuchulainn, estaba dotado de todas las características

8. Éditions du Pygmalion/Gérard Watelet, 1988.

ticas otorgadas a Gargantúa, por lo que es razonable atribuirle también esta paternidad.

Unos «gigantes»

La fisonomía de Gargantúa demuestra que no es humano. Pertenece a una especie fabulosa, la del pueblo de las hadas, cuyos representantes más famosos son los tuatha de Danann. Gargantúa es un gigante, pero ¿qué es un gigante? Es sencillamente, tal como indica la etimología, un hijo de Gea, ¡un hijo de la Tierra! Por eso parece tan vinculado a las fuerzas de la naturaleza y, en particular, a las energías subterráneas.

Las antiguas leyendas celtas, entre otras, evocan la presencia de gigantes que se mezclan con los seres humanos y a veces los persiguen. ¿Son gigantes por su tamaño o por su saber, tan avanzado respecto a los pueblos con los que se encuentran? ¡En este caso, resulta lógico que se les considere «gigantes»! Sabios de verdad, muy sabios... Es la definición exacta del término *druida* e, incluso, es la etimología más aceptada: *dru wides*, ¡los «muy sabios»!

Es posible formular todo tipo de hipótesis, incluso las más extravagantes, para racionalizar los increíbles medios técnicos de los dioses celtas, medios que, por otra parte, van disminuyendo a medida que su historia se aleja del momento de su desembarco inicial en las costas occidentales de Europa. Personalmente, me parece razonable pensar que esos dioses sólo eran hombres que habían alcanzado un nivel de conocimiento similar al nuestro en este comienzo del tercer milenio. Supervivientes de un cataclismo, natural o desencadenado por su locura, los soberanos y sus adjuntos, acompañados de hombres, mujeres y niños, a los que podemos imaginar muy escogidos, eligieron nuevas tierras de asilo: las costas de Galicia, a las que llegaron los famosos pelagos, las costas de Irlanda, donde se instalaron los fomorianos y luego los tuatha de Danann, otros pueblos desembarcados en la Armórica, en la zona de Douarnenez, el famoso *Douar Névez*, el Nuevo Mundo...

Gargantúa sería uno de los últimos héroes, descendiente corrupto de los dioses primordiales. Sus hazañas no revelan maldad alguna, eso es innegable, pero no ponen de manifiesto grandes capacidades intelectuales. ¿Es un efecto perverso de cierta consanguinidad? El caso es que, en ausencia de Melusina, cometería aún más sandeces que de costumbre. Este dios galo, un poco palurdo, un poco necio, sintetiza algunos arquetipos de sus lejanos antepasados. Se sitúa en la encrucijada de dos épocas, la de los dioses y héroes todopoderosos y la de los nuevos héroes en gestación, alimentados por un cristianismo impregnado de celtismo. Esta mezcla, en apariencia contra natura, dará en definitiva toda una pléyade de personajes majestuosos, fabulosos, a veces viles, pero siempre asombrosos y singulares.

BRETAÑA

La situación geopolítica, por utilizar un término muy moderno, es muy distinta en este momento. Al término del periodo galorromano, los datos son los siguientes: los celtas del continente y de las islas Británicas se han visto obligados a agruparse en Galicia, Asturias, la Bretaña armoricana, la isla de Man, Cornualles, Gales, Irlanda y Escocia. En Gran Bretaña, los sajones ocupan casi todo el territorio inglés; sólo Cornualles sigue perteneciendo a los celtas.

En la Galia, que poco a poco se convierte en Francia, los francos son los amos del territorio, pero Bretaña no está anexionada. Los soberanos merovingios del reino de los francos, demasiado ocupados luchando contra las invasiones árabes, presa por otra parte de luchas intestinas, aún no tienen una visión particular sobre la península, y a los celtas todavía les queda un periodo de tranquilidad. Hasta mediados del siglo VII, Bretaña está dividida en tres partes: Cornualles, Bro-Weroc y Domnonea. Estas tres zonas autónomas están divididas, a su vez, en una multitud de pequeñas soberanías, lo que debilita mucho la unidad del país y su independencia, que está en perpetuo riesgo. Pero allí, en pleno corazón de esta inestable región, nacerán los más bellos mitos bretones, mezclas sutiles de cristianismo y celtismo.

En Cornualles de la Armórica, dos famosos personajes dan que hablar: el rey Gradlon y San Corentin, primer obispo de Quimper. Gradlon es el infortunado rey de la ciudad de Is (*Ker Is* en bretón), cuya hija, Dahut, ahogaría a todos los habitantes de la misma al abrir las compuertas que la protegían del océano. Se trata de una leyenda, ya que todavía se desconoce, al menos de forma oficial, si *Ker Is* existía o no. Yo formo parte de quienes creen que es real y, como otras muchas personas, la imagino a la altura de Douarnenez.

Cabe destacar que en las proximidades de Quimper se encontró, en 1878, un extraordinario menhir de tipo celta, conocido como el menhir de *Kernuz*. Medía tres metros de altura y estaba enterrado en un campo. Es el testigo excepcional de una época pasada. En su superficie hay esculpidos un hombre, una mujer y un animal. En otra cara, un guerrero equipado con un casco con cuernos se apoya en un escudo. A su lado aparece Gargantúa, separado del soldado por un niño. Así pues, este extraño menhir representa a divinidades galas. Por su estilo, las esculturas parecen pertenecer a la época galorromana. Es posible ver esta rara pieza en el museo bretón de Quimper, junto a la catedral.

No cabe duda de que los celtas esculpían antiguos menhires, cosa que también hizo la Iglesia, que cristianizó algunas de aquellas viejas piedras, supervivientes de su vandalismo supersticioso. Por lo tanto, es importante precisar que no debemos deducir que un megalito esculpido por los celtas fuese también construido por ellos.

Domnonea forma un principado que comprende Tréguier, Saint-Brieuc, Saint-Malo y hasta Brocéliande, con una parte de su territorio en Inglaterra. Por otro lado, la evangelización de esta parte de Bretaña fue obra de monjes llegados del país de los anglos, entre los que se incluían San Samson, San Brieuc y San Tugdual. Uno de los más famosos jefes de Domnonea fue San Judicaël, que luchó brillantemente contra los francos. Con su fin desapareció Domnonea.

Bro-Weroc nació en el siglo VI, durante el reinado del conde Vannetais Waroc. Durante el reinado de otro Waroc, la ciudad de Vannes se convirtió en escenario de violentos combates entre francos y bretones. La Vilaine servía a menudo de frontera móvil entre los beligerantes, puesto que en aquella época la zona de Nantes estaba bajo la dominación franca. Vannes también era franca, pero estaba rodeada por bretones. Un monje inglés marcaría a su paso esta parte del sur de Bretaña: *santez Gweltaz*, San Gildas, que implantaría un famoso monasterio en la península de Rhuis.

El decorado está listo y se espera a los actores en el escenario de un teatro donde los héroes más magistrales transportarán al público durante largos siglos.

DIOSES CELTAS, HÉROES ARTÚRICOS

A partir del siglo IX encontramos las primeras referencias a Arturo, el rey mítico. En la *Historia Brittonum* de Nennius, y luego en los anales de Cambria en el año mil, se describen los combates de Arturo contra los sajones y la legendaria batalla de Camlann. En Gales, Arturo es el héroe de las obras de Taliesin y del libro negro de Carmathen, pero habrá que esperar al siglo XII y a Geoffrey of Monmouth para que el ciclo artúrico tome cuerpo de verdad, en dos obras fundamentales: *Historia de los reyes de Bretaña*, de 1137, y *Vida de Merlín*, de 1148.

En 1150, Robert Wace tradujo la obra de Geoffrey de Monmouth al francés con el título de *Le Roman de Brut*. A continuación, como, curiosamente, el tema se puso de moda, le llegó el turno a Chrétien de Troyes de alimentar ese género literario que se llamaría la novela cortés y, en el mismo siglo, Wolfram von Eschenbach proseguiría con su célebre *Parzifal*.

Lo queramos o no, hemos de admitir que la transmisión de la tradición prosiguió de forma infatigable: se hace evidente, aunque sólo sea de forma subyacente y sugerida, en todas estas obras caballerescas e iniciáticas.

Todos los temas que constituyen la trama de estas obras y, a la vez, la tradición celta fueron transmitidos por los druidas, tanto si se mantuvieron abiertamente en su función, como si la ocultaron tras el sacerdocio monacal. Ello resulta válido en Bretaña y en las demás regiones celtas insulares, y en Irlanda en particular, donde los filli, que eran a la vez poetas y druidas, poseedores, guardianes y transmisores de la tradición, trabajaron para asegurar el futuro de este saber. Estos iniciados estaban sometidos a una jerarquía de siete grados —este número no es una sorpresa—, diferenciados mediante varitas de oro, plata y bronce. El comité olímpico no ha inventado nada.

La sociedad protegía muchísimo a los filli, que eran venerados y respetados por el conjunto de sus cualidades. Por ello, resulta evidente que los autores que, a partir del siglo XII, mezclaron hábilmente la tradición de los druidas y la cristiana lo hicieron con pleno conocimiento de causa; ¿acaso obedecían consignas?

Unos personajes extraordinariamente carismáticos entrarán en la leyenda gracias a esta prolija literatura de éxito, cuyos temas no perderán el favor del público, puesto que, aún en nuestros días, Arturo, Merlín y los caballeros de la Mesa Redonda inspiran a numerosos autores, directores de cine y guionistas. En cuanto a los autores, John Steinbeck (*El rey Arturo y sus caballeros*), Xavier de Langlais (novelas del ciclo celta del rey Arturo) o Marion Zimmer-Bradley (*Las nieblas de Avalón*), por citar sólo a algunos, se mostraron especialmente inspirados, en estilos diferentes. Supieron captar la quintaesencia del mensaje bajo aspectos distintos. En cuanto al séptimo arte, la notable *Excalibur* de John Boorman ha pasado a formar parte de los clásicos y constituye toda una referencia.

El teatro, la ópera y el cómic abordan el tema con desigual fortuna, pero no se puede negar que la epopeya artúrica sigue siendo, después de tantos siglos, una materia de moda, fuente inagotable de riqueza en algunos lugares, como en la zona de Brocéliande, donde se organizan verdaderas operaciones turístico-culturales para atraer clientes sobre los pasos de los valerosos y míticos héroes.

MERLÍN

¿Quién no conoce a Merlín el Encantador? Todo el mundo ha oído hablar de este mago, al menos una vez en su vida. Este personaje es la clave del mito artúrico. Sin él, la historia no es nada; con su presencia, se vuelve ineludible, puerta abierta a un mundo en que la iniciación del ser humano se efectúa a golpe de corazón y de espada en unos universos tan reales como oníricos.

En la época de estas novelas de aventuras, los druidas están en plena clandestinidad, pero en las obras Merlín, el druida, actúa a plena luz del día. Merlín es el garante y depositario de la tradición; por ello, se encarga de proteger el saber y también de enseñarlo y transmitirlo a sus discípulos.

Es el guía espiritual de los reyes y hombres de la gran nación celta y es el médium, es decir, se sitúa en el centro, en una zona fluctuante entre los seres humanos y las fuerzas divinas.

Su nombre procede del celta *mori dunon* y significa «fortaleza del mar»: da a quien lo lleva toda la extensión de sus poderes sobre los elementos, sobre todo los fluidos, ¡espacio incluido! Así pues, Merlín es una fortaleza cósmica, una muralla contra las agresiones exteriores y, al mismo tiempo, una protección interna.

La etimología de su nombre confirma el ascendente que tiene sobre Morgana, hermanastra de Arturo, a la vez compañera y rival de Merlín. Morgana, «la que nació del mar», corresponde a la misma iniciación, a la misma camarilla. Morgana y Merlín son druidas de alto rango. ¿Cree ella que utiliza todos sus hechizos para someter al Encantador y mantenerle apartado del mundo en el seno de una fortaleza de cristal? ¡Error! Pero la confusión no viene de Morgana, que domina absolutamente el alcance de sus actos. El error procede de los guionistas, que no han entendido este vínculo tan íntimo entre los dos seres, el hombre y la mujer con la misma fuerza, con el mismo conocimiento y los mismos poderes. ¡Pareja alquímica!

Merlín sólo está retenido en el castillo de cristal con su aprobación y complicidad. Este castillo no es sino la imagen de la fortaleza en el espacio, en el fluido, el lugar de donde el Encantador proviene en realidad, como Morgana. Así pues, Merlín no está retenido como prisionero, ¡sino que ha vuelto a su casa!

Domina el «soplo del dragón», otro elemento fluido que es la manifestación de las fuerzas de la sierpe. Muy pronto, Merlín es sensible a la respiración de la bestia. Tiene sólo diez años cuando se enfrenta con las fuerzas antagonistas de dos dragones, uno rojo y otro blanco, que, en el subsuelo, derrumban la torre de un castillo del rey traidor Vortigen.

Más tarde, convertido en consejero del rey Uther Pendragon («cabeza de dragón»), podrá solidificar el soplo del dragón para convertirlo en un puente gracias al cual el rey irá a visitar a Yguern, esposa del duque de Cornualles. Este encuentro, ardientemente deseado por el rey, será muy útil para las intrigas de Merlín. Bajo los rasgos del duque, Uther será aceptado en el lecho de la duquesa, y de esta unión nacerá Arturo, futuro rey de los bretones.

Merlín detenta tan bien su poder que los reyes de Bretaña se verán obligados a captar la energía de la tierra para ser consagrados, al modo de los druidas, apoderándose de la espada del poder. Excalibur, la espada mágica de los dioses, que se guarda normalmente en la fortaleza acuática, o al menos fluida, de Viviana/Niniana (un hada de la casta de Morgana y Merlín), se halla clavada en la roca más dura por voluntad del rey moribundo, Uther Pendragon. Su hijo, Arturo, el oso, captará las energías de la hoja y será el único en asimilarlas para concentrarlas y así liberar el arma de su vaina de piedra, episodio que demuestra que, en ese momento concreto, Arturo había terminado su iniciación, impartida por su doble sobrehumano, Merlín.

El Encantador, el mago, el druida —poco importa el nombre que se le dé—, cuenta siempre con la ayuda de un bastón. Este auxiliar es la herramienta de todos los verdaderos magos, así como una prueba de poder y distinción.

Más allá, los símbolos revelan la marca de los antiguos dioses sintetizados en este personaje de leyenda. Merlín es, a la vez, Dagda y Sukelos, el que golpea fuerte con su mazo de vida y muerte. Dagda va siempre cargado con una maza de poderes fenomenales: por uno de sus extremos el arma causa la muerte y por el otro devuelve la vida. ¡Lo mismo que ocurre con Sukelos!

Así, Merlín/Dagda/Sukelos no es el dios del Otro Mundo, sino el que ayuda al moribundo a alcanzar la otra orilla. Esa es la verdadera función de este druida: ayuda a los vivos a alcanzar el país de los muertos, que no es otro que su dominio, aquel de donde proviene y donde se halla, su fortaleza de mar, su fluido en el fondo del espacio y donde está en espera de su retorno entre los vivos. Su llegada es anunciada en todas las epopeyas cumpliendo una función. Otro retorno se anuncia también, ¡el de Cristo!

Como vemos, la amalgama de las dos filosofías es organizada sabiamente en estos fabulosos relatos, que nunca dejan de hacernos soñar y de proporcionarnos una buena dosis de esperanza.

En Bretaña, Merlín puede asimilarse al Ankou, el plenipotenciario de la muerte, aparecido en la península en el momento de las guerras y las grandes epidemias de peste del siglo XV. Como Merlín, el Ankou guarda las llaves del Otro Mundo, ese paraíso apreciado por todos los celtas, que lo consideran la tierra prometida.

Todos los rasgos primordiales de Merlín se hallan en el personaje del mago Gandalf, héroe de una de las obras literarias más leídas del siglo XX: la trilogía de *El Señor de los anillos* de J. R. R. Tolkien. Gandalf el Gris y luego Gandalf el Blanco es presa de luchas internas y externas antagonistas, como su venerable antepasado. Gandalf luchará contra los dragones, pasará de la sombra a la luz, de la luz solar a la luz de los fuegos alimentados en las profundidades de la tierra. Su fuerza magistral se expresa de pleno a través de su bastón que, más que un accesorio para caminar, actúa ante todo como un formidable mazo de energía que hundirá el puente de roca Khazad-Dûm.

Los mitos antiguos alcanzan un lugar y un vigor nuevos en nuestra materialista época, en la que, paradójicamente, introducimos a Dios en todos los actos, incluso para justificar los más odiosos, contrarios a las leyes más elementales y fundamentales de la vida.

Algunos autores tratan a Merlín de loco, extraviado en los bosques, con una miserable vida de ermitaño, lejos de los seres humanos y de las ansias de este mundo. No han percibido la sutileza de la leyenda. ¿Loco, Merlín? ¡La locura a ese nivel se llama sabiduría! A veces Merlín siente la necesidad de retirarse al corazón de los bosques con objeto de buscar allí la energía necesaria para su larga y difícil tarea. Su deber es sobrehumano y debe cumplirlo él solo. Sin embargo, hallamos los indicios de un druida que vive de forma magnífica su religión, una religión, sobre todo, de los elementos, de la naturaleza.

Merlín es la síntesis de las fuerzas de Dagda, el dios druida.

ARTURO

Las naciones celtas, más que cualesquiera otras, sienten la imperiosa necesidad de reflejarse en la imagen de magníficos héroes. Aquel en el que se reflejarán plenamente y depositarán todas sus esperanzas lleva un nombre sinónimo de gloria, arrojo, rectitud y valentía. Es un caballero que alcanzará muy pronto el más alto grado de su camarilla: el rey Arturo.

Pero ¿quién es Arturo? La respuesta a esta pregunta no es sencilla. Los orígenes de este rey legendario arrancan de diversas raíces. Su gestación comienza con el desembarco de los tuatha de Danann en las costas irlandesas, que es largo y difícil, ¡pero alcanza un éxito total!

El celta designa al oso y al guerrero con la palabra *artos*. En el bretón actual, Arturo se dice *Arzhur* y oso, *arzh*...

El primer dignatario que dio que hablar con el nombre de Arturo vivió en el siglo II de nuestra era. Era comandante de una legión romana en una pequeña ciudad de Dalmacia. Este perillán estaba acantonado antes en Inglaterra, en la zona de York, donde, al parecer, sofocó una revuelta de los armoricanos. Al menos eso es lo que pretende el autor inglés M. Malone. Tenemos aquí una muestra de la interminable rivalidad entre ingleses y franceses en lo que concierne a la paternidad del mito artúrico. Por supuesto, nadie ha pedido nunca la opinión de los principales interesados, los bretones de la Armórica. Habrá que regresar a este tema, que se resume en la pregunta ¿el ciclo artúrico se desarrolla en Inglaterra o en la Armórica?

Hay que reconocer que, sin ser demasiado corriente, Arturo era un nombre utilizado en ambas orillas del canal de la Mancha. Tanto Gales como Cornualles e Irlanda pueden reivindicar a uno o varios Arturos, pero a ningún jefe carismático. En cambio, la Armórica tuvo tres jefes, tres duques para ser más concretos, que llevaron este nombre, pero que gobernaron a partir de 1137, y las famosas obras de Geoffrey of Monmouth...; por lo tanto, ¡no podían haber inspirado al autor! En cambio, puede considerarse que heredaron una especie de tradición honorífica y familiar, y que, antes que ellos, un Arturo famoso habría dejado huellas, si no en la historia que estaba justo en sus inicios, al menos en el seno de una familia o de un clan enorgullecidos por la gloria de un ilustre antepasado.

En este contexto, el asesinato del duque bretón de la Armórica, Arturo, por su tío y rey de Inglaterra, Juan sin Tierra, pasa como un medio de eliminar todo recuerdo del mítico rey Arturo de las leyendas, que podría hacer demasiada sombra a los soberanos de la corona inglesa. Rey legendario, sin duda, pero, además, ¡rey armoricano y, por lo tanto, celta! Hechos bastante significativos como para disgustar a los príncipes sajones.

El *Cartulario de Redon*,[9] del que poseo una excelente copia, evoca a un tal Arthueu, en un documento llamado de Ratuilli, fechado en el año 878. Otros Arturos son mencionados en fechas anteriores por Monmouth, pero ninguno parece ser, ni siquiera de forma oculta, el esbozo del rey legendario. Entonces ¿quién es ese misterioso guerrero, rey de los osos o rey oso?

Hay que visitar el departamento de Morbihan para darse cuenta del increíble número de referencias al Arz. Lugares, ríos, municipios, nada escapa a la «garra» del oso. En pleno corazón del golfo, provisto, según la leyenda, de tantas islas como días tiene el año, encontramos la isla de Arz, la isla del Oso. La ciudad de Arzon está también en

---

9. *Cartulaire de Redon*, Amigos de los archivos históricos de la diócesis de Rennes, Dol y Saint-Malo, en colaboración con Éditions Ouest-France, 1998.

la lista, al igual que Arzal, dotado de su famosa presa sobre el Vilaine. El Arz, pequeño río desbordante de entusiasmo en invierno, corre al pie de las landas de Lanvaux hasta su confluencia con el Oust. Por último, no podemos olvidar la punta de Arzic, el osito, cerca de Locmaria. Es cierto que los lingüistas tratan de atribuir otros orígenes a este nombre, con argumentos más que dudosos. ¡Cuántos esfuerzos realizados en vano!

La evidencia está ahí. El animal tótem se nos recuerda contra viento y marea.

La lengua francesa, la del conquistador franco, viene a reforzar la presencia del oso *(ours)* en esta Bretaña: bahía del Ours, punta del Ours, roca del Ours, escollos del Ours, etc. Así pues, este nombre se asocia con rocas, puntas graníticas que no dejan de rememorar la tradición según la cual el joven Arturo, ante las miradas incrédulas de los aguerridos caballeros, logra sin esfuerzo alguno extirpar la espada sagrada de la roca en la que se mantenía desde la muerte de su padre, Uther. Arturo y la piedra se hallan unidos para siempre, ¡y no es el famoso campo de Artús, formidable caos rocoso en el corazón del bosque de Huelgoat, el que demuestra lo contrario!

¿Sobre qué pista nos hallamos? Sobre la vieja pista de los antiguos dioses, que dejaron fantásticos recuerdos en las mentes de los pueblos menos desarrollados que el suyo. Para ellos, los celtas de los orígenes, el oso era el símbolo de la fuerza y del poder temporal.

El oso se opone también al jabalí, el poder espiritual, los druidas. Por eso encontramos en el mito de Arturo cacerías sin fin contra la jabalina del Otro Mundo, contra Cerridwenn, ¡la que sabe! ¿Quería Arturo encarnar los dos poderes, el temporal y el espiritual? Esta posibilidad no es ninguna tontería. De todos modos, Arturo era un rey perjuro, que iba a renegar de su primera fe y de los cultos en los que había sido iniciado por Merlín, para volverse hacia la nueva religión. Aunque no perseguía a los druidas, ya no les concedía la atención que merecían.

Arturo marca el final de un ciclo y el principio de otro. El carro de Arturo, formado por las dos constelaciones, la Osa Mayor y la Menor, los carros atados en el cielo en espera de que pase el rey, viaja de camino hacia el Otro Mundo, que alcanzará al término de su lucha contra Mordred, ¡su hijo!

Así, todo sugiere que el rey Arturo, vinculado al oso y a la piedra, la roca, era un jefe, o una dinastía de jefes de una época prehistórica armoricana, en tiempos de los dioses poderosos y reales. El oso era en el hemisferio Norte el equivalente al león del hemisferio Sur. Era, por lo tanto, un símbolo de realeza y un símbolo solar vinculado al espacio.

Arturo es también la síntesis de los antiguos dioses, de Dagda en particular. Excalibur, la espada forjada por los dioses, es el gran símbolo de la vida, de la unión sagrada, la de los pueblos celtas, pero también la del rey y la reina. También es símbolo de muerte y destrucción, tanto en sentido propio, ya que, en manos del rey, es un arma sin igual, como en sentido figurado, porque vendrá a separar a Lanzarote y Ginebra, a Arturo y Lanzarote, trinidad caballeresca. Excalibur es la prolongación de la maza de Dagda y de la lanza mágica de Lug.

En Arturo y Merlín, binomio sagrado, se unen, a través del espacio y del tiempo, los poderes espiritual y temporal. En este sentido, cada uno de ellos posee una parte de los atributos de Dagda, jefe de guerra, jefe de su pueblo, pero también jefe de los druidas y el primero de una larga estirpe que aún no se ha extinguido.

Los caballeros de la Mesa Redonda

Desde los Fianna irlandeses, los países celtas no habían vuelto a conocer ninguna orden de caballería. Por otra parte, cabe pensar que estos caballeros irlandeses fueron los primeros en constituirse en una orden donde la iniciación no consistía sólo en el manejo de las armas y el arte del combate, sino también en la educación espiritual.

Esta caballería, creada por iniciativa del rey Arturo, se organiza en torno a un mueble muy especial, una mesa redonda, que simboliza la igualdad de los comensales reunidos en su perímetro. No hay distinción alguna entre el rey, su primer caballero, Lanzarote, y los demás miembros del grupo.

Pero la mesa redonda recuerda también las ruedas de los carros rústicos que antaño desplazaron a tribus nómadas hasta el oeste del continente. Es la rueda de Arianrhod, el Ouroboros, el ciclo en su revolución. Desde el principio, el rey y sus valientes caballeros están condenados a desaparecer. ¡La rueda gira!

La rueda es también el maravilloso símbolo de las transformaciones, de las reencarnaciones, de las evoluciones por ciclos impuestas por las leyes de la naturaleza. Arturo es la retranscripción de Finn Mac Cool, a la vez jefe y rey de los Fianna. Como sucedió con la orden irlandesa, la de la Mesa Redonda desaparecería con la muerte de su jefe.

Más aún, Finn Mac Cool no está muerto. Según la leyenda, duerme en el Otro Mundo, en espera de su regreso para servir de nuevo a su pueblo. La situación es idéntica para Arturo, dormido en la isla de Avalón, que es el Otro Mundo, de donde debe regresar para salvar a los pueblos celtas... ¡La rueda gira!

La primera mención de esta Mesa Redonda se halla en los versos del *Roman de Brut* de Robert Wace, hacia el año 1150. ¡Cabe destacar que este autor fue también el primero en hablar de los caballeros y del bosque de Brocéliande! Por lo tanto, el mito le debe mucho.

Algunos especialistas señalan que esta mesa nunca existió, sino que sólo fue un «mueble» heráldico. ¡Vaya descubrimiento! ¡Es evidente que ni el rey ni los caballeros existieron realmente! Vivieron y viven aún a través de los mitos, de los fantasmas y de la pervivencia del alma celta. Son una sabia y sutil mezcla de distintos personajes, más o menos históricos, a los que se han añadido las sublimes naturalezas de los héroes y las divinidades celtas de las primeras edades, pero nunca existieron, Arturo y sus caballeros, tal como se describen.

Celtia, entre otras cualidades, es maestra en el arte de engañar. ¡Ya sería hora de tenerlo en cuenta! Todos esos valerosos héroes sólo existen porque les concedemos ese derecho y porque vivimos, existimos, a través de ellos. Por eso se manifiestan siempre con la misma fuerza, a través del tiempo y del espacio, mucho más allá del corazón de los seres humanos.

La mesa redonda es también la imagen de la Tierra en planisferio, la que los caballeros tendrán que recorrer un día a partir de ese epicentro, en busca del cáliz sagrado, el grial. Y, sobre todo, no vayamos a creer las tonterías que suelen decirnos sobre esa época medieval en que la gente creía que el planeta era plano... como una tabla. Son fruslerías destinadas a confundir a los pueblos. Desde los tuatha de Danann, los celtas sabían que la Tierra estaba dividida en cinco partes. La propia Biblia evita toda ambigüedad a este respecto; sólo hay que leer a Job 25, 7 o a Samuel 2, 8... ¡Los clérigos sabían muy bien lo que pasaba!

Los misterios del grial corresponden también a ese saber perdido, que había que recuperar para beneficiar a los ignorantes.

Wolfram von Eschenbach considera la mesa como el grupo simbólico de los caballeros. Por el contrario, Robert Wace afirma que Arturo y su padre la habían creado. En el fondo, ¡qué más da! El objeto y los personajes sólo son formas oníricas que se trasladan a veces a realidades concretas. Héroes y objetos no importan, deben borrarse tras el símbolo todopoderoso, que es un signo a partir del cual comienza la enseñanza.

La caballería da acceso a una verdadera nobleza, a través de todos los deberes que corresponden a los caballeros. Nunca hay que olvidar que estos son unos iniciados, que conocen la cábala, el arte de jugar con el Verbo para extraer del mismo la quintaesencia más volátil de todas. Son verdaderos alquimistas del Verbo, capaces de comprender los mensajes divinos, no para su beneficio, sino para el de aquellos a quienes sirven y protegen: el pueblo y la pareja real, garante de la unión sagrada.

Todo esto resulta muy evidente en la epopeya artúrica. Al término del ciclo, los caballeros parten por todo el mundo para hallar el santo grial. Durante esta difícil búsqueda, los caballeros mueren o desaparecen, uno a uno. El mundo se sume en un caos siniestro y estéril. El rey languidece, la reina, culpable de su amor por Lanzarote, ya no está radiante y se retira en la oscura celda de un convento.

Sólo una persona tendrá el privilegio de cumplir la misión y aproximarse al sagrado cáliz: Perceval el Galés. En lugar de galés, habría que decir, más bien, del País Galo, esa parte de Bretaña donde se habla una vieja lengua románica; sus dos poetas contemporáneos son Eugène Cogrel de Guémené-Penfao y Albert Poulain de Pipriac, narradores y autores de diversas obras.

En realidad, Perceval es originario, tal como señaló Gwenc'hlan Le Scouëzec en *Arthur, roi des Bretons d'Armorique*, de la región de Gwenn Menez-Pen fao, la «montaña sagrada en la linde del bosque de hayas». Explica una cosa que me contó mi abuelo de niño, cuando vivíamos en la zona de Guémené: según Chrétien de Troyes, Perceval nació efectivamente en esta región de Guémené, «montaña sagrada de los antiguos». En los siguientes versos todo resulta claro:

Cel plus haut bois que vos veez,
Qui cele montaigne avirone.
La sont li destroit de Baldón...

(Este bosque más alto de lo que veis,
Que rodea esta montaña.
Allí están los desfiladeros de Valdonne...)

Valdonne en francés antiguo, pero ¡valle del Don en francés actual! Así pues, ya no se trata de Perceval el Galés, sino de Perceval el Galo, ¡caballero del País Galo!

Volvemos a encontrar de este modo las huellas de nuestra querida diosa Dana. Según parece, Perceval penetró en los secretos de este valle en el que se ocultan los misterios del grial. ¡Un verdadero don! Sólo un hombre de corazón puro podía aprehenderlos. Los mercachifles, los pícaros y los cobardes se verían afectados por la mala suerte por siempre jamás.

Fianna, caballeros de la Mesa Redonda... Falta algo para que se cumpla el sistema ternario, tan apreciado por la cosmogonía celta, una tercera orden de caballería iniciática, que nacería en el año 1118 y se desarrollaría durante dos siglos en toda Europa y parte de Oriente Próximo. Se trata de la Orden de los Caballeros del Temple, la de los famosos templarios, monjes soldados vestidos de blanco, como los druidas.

Aunque nada demuestra formalmente que los templarios fuesen, en cierto modo, los herederos de la tradición celta y la enseñanza druídica, numerosos elementos respaldan esta hipótesis, pues son muchas las referencias que encontramos en sus ritos, tal como explico en una obra anterior.[10]

Como las dos órdenes anteriores, a las que los templarios deben mucho, esta desaparecerá tras la muerte de su último jefe, Jacques Bernard de Molay, que fue quemado vivo en París al término de un largo proceso de acusaciones inicuas lanzadas contra él mismo y su institución por el rey Felipe el Hermoso y el papa Clemente V.

GINEBRA

Según Geoffrey of Monmouth, que, una vez más, fue el primero en introducir en la escena a esta mujer, Ginebra habría nacido en el seno de una familia romana y habría sido adoptada por un señor celta, el rey Léodegran de Carmelide.

Según las distintas versiones y autores, sus orígenes celtas resultan más o menos marcados, aunque ello carece de importancia. Ginebra sólo hace breves apariciones en la epopeya artúrica. Su papel se basa en poca cosa: extraordinariamente bella, será la esposa del rey Arturo

10. *Los templarios*, Editorial De Vecchi, Barcelona, 2001.

y, por último, será adúltera, falta que cometerá con el caballero de los caballeros, Lanzarote del Lago, amigo del rey.

Hay otro aspecto de su personaje que no puede pasarse por alto. Ya sea romana o celta, Ginebra es presentada de forma casi sistemática como cristiana, lo que explica también por qué se le atribuye un nacimiento romano. Esta característica es recuperada por M. Zimmer Bradley en sus novelas.

Ahora bien, como esposa y reina, tendrá la tarea oculta de incitar a Arturo a renegar de su religión y abandonar sus ritos. Siempre se opondrá abiertamente a Merlín el druida, que representa todo lo que ella odia y aborrece: unos ritos que considera demoniacos y unos dioses que también lo son. No dejará de rodearse de sacerdotes, monjes y otras gentes de Iglesia. Con respecto a Morgana, la hermana del rey, el hada será más moderada, probablemente forzada por el temor que le inspira su cuñada.

No obstante, hay un vínculo fundamental entre estas dos mujeres a las que todo opone: una herida permanente para cada una de ellas. ¡El rey! Como sabemos, Morgana tuvo una relación incestuosa con su hermanastro y de ese amor de una sola noche nacería el hijo regicida, Mordred. Ginebra, en cambio, no podrá darle a su rey un hijo, privándole así de una legítima descendencia, lo que, además de ser un drama personal y familiar, será también un drama para la nación.

En estas dos situaciones, tenemos las antinomias de las dos culturas: la antigua cultura celta, abierta, expansiva, y la de la Iglesia, reciente, culpabilizadora y replegada sobre sí misma. Ginebra representa el final de un ciclo, de una época, se sitúa en el punto de ruptura entre la antigua era y la nueva que se anuncia con ella.

También encarna a la mujer, la de los orígenes, la del pecado original. Por otra parte, se considera pecadora, ya que toma el velo y se retira a un convento por su propia iniciativa. Así pues, comete adulterio, pero nunca tendrá hijos, ni de su esposo, ni de su amante. Es estéril, y su falta recaerá en la Tierra de Bretaña insular, que ya sólo producirá escasez hasta la redención de su pecado por parte de los caballeros y con su acto de aislamiento. Arturo le concederá su perdón poco antes de la lucha que le enfrentará a su hijo incestuoso. Esa es, pues, la cuestión que plantea el personaje de Ginebra: la procreación, no para ella, sino para el pueblo.

Morgana y Arturo tienen un hijo, pero no llegará al trono, porque, empujado por su madre, se enfrentará con su padre hasta la muerte. Morgana quería convertirle nada más y nada menos que en instrumento de su propia venganza, y eso fue lo que condenó a su hijo.

Sin embargo, contra toda evidencia, el nombre de Ginebra revela una naturaleza profundamente celta. Ginebra vendría del galés *gwynhwyvar*, que significaría «fantasma blanco», o de *Gwyn Seimara*, «hada blanca». Personalmente, considero en efecto que *gin* proviene de *guen/gwenn*, «blanco», palabra a la que, como sabemos, conviene dar el sentido de «sagrado», más que el del color. En cuanto a *nebra*, me parece muy próximo a *nouivre, vouivre, vouire*. ¡Ginebra sería entonces una mujer serpiente, una Melusina,[11] una sierpe sagrada! Su carácter a la vez lunar y acuático hace de ella una diosa de las aguas. Por otra parte, es al borde de un manantial donde se entrega a Lanzarote... ¡del Lago! El caballero, príncipe del agua, tenía que enamorarse de esta bella hada de las olas. La suerte estaba echada desde el principio. ¿Un rey oso y una serpiente? ¡Nada bueno podía salir de esta unión!

Otras etimologías dan a Ginebra la traducción de «ola blanca» y, por lo tanto, «ola sagrada». Sea como fuere, la reina es una divinidad acuática, aunque poco a poco renuncia a su verdadera naturaleza, a la que, no obstante, no puede escapar.

Ginebra es una Eva de las aguas, una Dana, Ana, santa protectora de los bretones del continente.

Blathnat llevaba en sí el germen de Ginebra. Recordemos que al enamorarse de Cuchulainn, el héroe comparable a Lanzarote, Blathnat, esposa del rey Curoi Mac Daere, había traicionado doblemente a su esposo, entregándose en cuerpo y alma a su amante y proporcionándole el medio para penetrar en la fortaleza.

Así pues, Ginebra es heredera de un gravoso pasado. ¡No resulta fácil asumir al mismo tiempo en esta encarnación los deberes de reina, mujer y diosa!

Los distintos autores la han cargado con todo esto, sin olvidar los fantasmas que el público le transfiere. Ginebra es un símbolo eternamente femenino, con su fuerza, sus debilidades y sus deseos. Sus frustraciones la modelarán poco a poco, pero acabará sola, presa de la más ardiente turbación, nunca saciada.

La vida de esta heroína involuntaria es una sucesión de fracasos. Es abandonada de niña; de casada, sin duda ama a su esposo, pero es-

11. Véase Melusina en el libro, del mismo autor, *Le Monde étrange des fées, elfes, lutins, korrigans, gnomes et autres personnages,* Éditions De Vecchi, 2003.

tá enamorada de Lanzarote y nunca tendrá hijos. Se trata de un caro tributo. Para unos, constituye una reina ejemplar; para otros, sólo es una traidora que aleja al rey de su religión y que, contra los principios de la misma, cae en el adulterio.

En realidad, se parece mucho a los dioses de los celtas, los tuatha de Danann, similares a los seres humanos, tanto por sus cualidades, como por sus defectos. Ginebra es, en esencia, la digna descendiente de la tribu de Dana. Todo en ella demuestra esta evidencia, aunque ésta haya permanecido oculta hasta ahora. Giraud de Cambrie afirma haber leído, en 1192, el siguiente epitafio sobre la tumba de Arturo y Ginebra, que aún puede verse en la abadía de Glastonbury: *Aquí yace el famoso rey Arturo con Ginebra, su segunda esposa en la isla de Avalón*. Según este mismo autor, Glastonbury sería el castillo de cristal o, lo que es lo mismo, ¡la isla de Avalón!

¡No hace falta decir que todo esto son sólo elucubraciones! El castillo de cristal corresponde a algo muy distinto y Avalón no se ubica allí, a la vista de los turistas. En cuanto a la tumba, podemos apostar a que los dos personajes que se encuentran en ella nada tienen que ver con la pareja real, que nunca será otra cosa que una pareja legendaria, encarnada en un universo onírico, para servir a nuestra historia futura y para prolongar la existencia de los dioses de antaño. ¡Pero hay que racionalizar lo irracional y ofrecerle al pueblo las imágenes que espera a fuerza de alimentarse de ellas!

Morgana

Princesa, diosa, hada, maga, iniciadora y mujer, ¡Morgana es todo eso! Su vasto territorio, lleno de contrastes, está impregnado de una melancólica belleza: es la tierra de Armor. Bajo las frondas de los árboles seculares de Brocéliande, la tenebrosa Morgana de cabellera llameante recorre su dominio, sola y perdida desde que retiene en su red a Merlín el druida.

Morgana es un personaje clave en la epopeya artúrica. Hermanastra del rey Arturo, será también su mujer con ocasión de un rito iniciático. De este amor único, mágico e incestuoso nacerá Mordred, hijo vengador, portador de todos los rencores de su madre, además de los suyos propios.

En este aspecto, cabe observar que Morgana es heredera de una antigua estirpe, de una antigua tradición. Hermana y esposa del rey, a través del acto carnal, adopta los rasgos de Cleopatra, hermana y mujer del Faraón. También fue el caso de la reina Hatshepsout y, mucho antes, de Isis y Osiris. Morgana, nacida de las aguas, es la reencarnación de la diosa egipcia. La ciudad de Is no era otra que la ciudad de Isis, diosa que fue venerada también en la Galia en tiempos remotos. La barca de Isis, *Par Is*, llegó hasta esas regiones y la diosa de Quinipily en Baud, Bretaña, es una representación de Isis, como lo son las vírgenes negras veneradas en muchas zonas...

Como ocurre con todas las hadas, la personalidad de Morgana es muy ambigua. Siembra la zozobra en la mente y el corazón de la gente, sobre todo de los hombres. Sus poderes son inmensos, ancestrales, producto de una larga estirpe de sacerdotisas celtas. Es la viva encarnación de la diosa madre y su función adquiere toda su importancia con el nacimiento de su hijo, heredero de los poderes temporales de su padre e intemporales de su madre.

Su nombre se aproxima mucho al de Morrigan, diosa irlandesa de la muerte. Esta se transforma en un cuervo, en particular a la muerte de Cuchulainn. Morgana también lo hace. ¡La perennidad de los rasgos de Morrigan se hace evidente a través de Morgana! El mito celta se prolonga de otra forma, en otros tiempos.

Si una larga historia vincula a Morgana con el mítico bosque de Brocéliande, no hay que ocultar sus especiales relaciones con la isla de las manzanas, Avalón la eterna. Morgana el hada era la gran sacerdotisa de la isla y reinaba sobre un nutrido grupo de druidesas, muy lejos de las turbulencias humanas y de las conjuras palaciegas.

Morgana es el arquetipo de la mujer hada, iniciada y lúcida, enfrentada a las bajezas humanas y la evangelización de todo un pueblo dispuesto a renegar de sus antiguas creencias y sus dioses ancestrales. Será a la vez un ejemplo y una mártir, condenada a errar por los limbos de la nada en espera de que sobrevenga una conmoción en la dimensión de los hombres.

En uno de los poemas de Geoffrey of Monmouth, la *Vida de Merlín*, se descubre una evocación de este personaje tan singular de las aventuras de Arturo y sus valientes caballeros, entonces presa de unas terribles dificultades afectivas, ecuménicas y filosóficas. Lanzarote, el caballero perfecto, traiciona a su rey al ofrecer su amor a Ginebra, la reina. Arturo y los caballeros de la Mesa Redonda abandonan a sus dioses, su creencia en la diosa madre y en Lug. Traicionan a los druidas y a las sacerdotisas. La Tierra vuelve a caer en un periodo negro y, para hallar una salida a este mal que corroe el reino, Arturo dispersa sus tropas por todo el mundo, en busca de un mito absoluto, el santo grial.

Desde el nacimiento de Arturo hasta su muerte en un último combate frente a su hijo Mordred, Morgana vela entre bastidores y a veces tira de los hilos con la ayuda del druida Merlín, o al menos eso cree, pues en definitiva es el mago quien controla la situación.

Morgana es ante todo una *mori gané*, una *mor ganet*, ¡una criatura nacida del mar! En los viejos relatos populares de la Bretaña armoricana recogidos por Paul Sébillot, hallamos, a través de las Mari Morgane —esos seres acuáticos que arrastran a los marinos hacia sus palacios en las profundidades del océano—, los verdaderos orígenes de Morgana. Es una mujer hada, una sirena, una ondina, una sierpe. Su verdadero dominio es el océano y, sobre todo, la isla de Avalón. Es descendiente de los tuatha de Danann, como Ginebra, la abandonada, y como Merlín. Pertenecen a esos pueblos venidos del mar. Así es el hada Morgana, gran sacerdotisa de la isla de Avalón, la isla del conocimiento.

La vida entera de Morgana en este mundo está cuajada de hechos importantes. En su función de druidesa, se esfuerza con valor por preservar el equilibrio de fuerzas antagonistas, muy a menudo en detrimento de su persona y sus intereses, lo que en sí constituye ya un hecho muy notable. No obstante, hay otro que debe destacarse, y es su autoridad indiscutible sobre dos lugares clave de la tradición celta: la isla de Avalón y el Valle sin Retorno situado en el bosque de Brocéliande.

Morgana, druidesa y gran sacerdotisa, es el producto de una larga genealogía de mujeres iniciadas. Se debe a su culto, a sus ritos, a sus dioses y diosas, pero también a sus discípulos y a su rey. Vive intensamente su sacerdocio, sin fallar ni una sola vez, en cualquier lugar donde se encuentre, pero en la isla fabulosa, especie de campamento parapetado del verdadero conocimiento, es donde se expresa de forma plena, sin obligación exterior.

No obstante, Morgana, maestra de un colegio matriarcal de jóvenes aspirantes a sacerdotisas, se debe también a su otra vida, a sus otras obligaciones. Hermana del rey, duquesa de Cornualles, tiene tierras que administrar, rentas, bienes y gentes bajo su responsabilidad, así como funciones políticas y diplomáticas de primer orden que debe asumir. El rey no duda en pedirle consejo en las situaciones más delicadas, conforme a la civilización celta, que nunca relega a las mujeres a funciones subalternas, lo que demuestra su evolución.

El conjunto de sus dones y prerrogativas se expresó el día de la muerte de Arturo. Cruelmente herido por Mordred, fue depositado en una playa por Bedwyr, último caballero con vida tras la terrible y última batalla. Frente a las costas apareció un pontón con tres sacerdotisas a bordo, entre ellas Morgana. El rey agonizante fue embarcado y conducido por las tres magas hacia la isla de Avalón, donde fue curado y adormecido por arte de magia hasta la hora de su retorno.

Los grandes poderes del hada Morgana, añadidos a su conocimiento, permitieron este milagro. El hada, hermana, amante, amiga y sacerdotisa, estaba junto al rey para acompañarle hacia el Otro Mundo, pues Avalón es el Otro Mundo.

Así, el retorno del rey portador de Excalibur, la espada de la Dama del Lago, es anunciado y esperado por los pueblos celtas, que recuperarán entonces su unidad salvadora. ¡Una especie de parusía a la armoricana!

Por su parte, el Valle sin Retorno, que se halla en el bosque de Brocéliande, sirve a Morgana de prisión temporal para sus amantes, pero tal vez es útil sobre todo para Merlín. Cierta literatura judeocristiana lo convierte en un lugar de perdición, en reino de la lujuria, el vicio y el desenfreno de todo tipo. ¡La realidad es muy distinta! El Valle sin Retorno es una puerta temporal por la que son posibles los intercambios entre el mundo de Morgana y el nuestro. Quiero recordar que, con cierta frecuencia, ¡aparecen testigos que afirman de buena fe haberse hallado proyectados de forma repentina a una región que nada tenía que ver con el bosque que visitaban!

El Valle sin Retorno es un paso obligado hacia el Otro Mundo, antes de un retorno siempre prometido. Es lo que le ocurrió a Merlín, que, gracias a sus excepcionales dones de precognición, supo que le había llegado el momento de retirarse del mundo de los hombres. Con la complicidad de Morgana, se efectuó el gran viaje. Desde entonces, en algún lugar de los brumosos nimbos de las aguas del misterioso valle, en el corazón de un castillo de cristal oculto o en el centro de la Tierra transformado en piedra, Merlín aguarda su hora, ¡que al parecer es inminente!

Para finalizar, hay que reconocer similitudes entre este personaje esencial, Morgana, y Arianrhod, la diosa galesa que, según la leyenda, tuvo relaciones incestuosas con su hermano, Gwyddyon el mago. Morgana encarna la tradición de los antiguos dioses frente a Ginebra, que encarna la nueva religión.

VIVIANA

Esta espléndida hada, menos tenebrosa que Morgana, es la otra discípula de Merlín. Así, las dos mujeres aseguran en alternancia, junto al mago, la función de la benevolente o la traidora, la virtuosa o la depravada, la rival o la auxiliar leal... «No hay Dama blanca sin Dama negra», explica Jean Markale en *Borcéliande et l'énigme du Graal*, publicado en 1989.

Viviana es la Dama del Lago, la guardiana de la espada única, Excalibur, cuyos depositarios temporales son los reyes.

El dominio de Viviana es uno de los innumerables lagos y estanques de Brocéliande *(Brokeltlann)*, que conviene extender mucho más allá de sus actuales límites. Así, el reino del hada Viviana se halla en Armórica, pero sin duda abarca no sólo la zona geográfica del moderno bosque llamado de Paimpont *(Penpont)*.

Viviana es una auténtica diosa, además de un hada. Adopta todos los aspectos de lo sagrado. Puede ser a la vez el viento, la lluvia, el fuego, la tierra... La tierra fecundadora y fecundada, la tierra que asegura la subsistencia.

Viviana cría, inicia y ama al caballero de los caballeros, al más atormentado de todos los de la Mesa Redonda, al extraordinario Lanzarote, compañero del rey Arturo, caballero amante y protector de la reina Ginebra.

Como Merlín y Morgana, Viviana también posee el conocimiento, la verdadera y absoluta iniciación. Estos tres personajes permanecen eternamente indisociables en la mitología artúrica y los siglos transcurridos no disminuyen en nada su influencia en su mágico dominio forestal, en el seno de una Bretaña siempre misteriosa y embrujadora. Viviana es un hada regeneradora, es el principio, la chispa primordial de la vida. En este sentido, es la encarnación de la diosa Dana o Dôn, apreciada por los irlandeses y los galeses.

¿Qué podemos decir de los orígenes de Viviana? ¡Siempre ha existido! Es cierto que adopta diferentes aspectos, pero sigue siendo única e ineluctable. Su nombre procede de *bo vinda*, la «vaca blanca». El aspecto de madre nutricia es muy evidente. En realidad, ese es el rasgo común a todas las hadas: encarnan de forma sublime el eterno femenino que las mujeres mortales alcanzan raramente y no sin dificultades.

Sin embargo, a diferencia de las demás hadas, ¡Viviana es una diosa encarnada! Su culto se remonta a la noche de los tiempos y se prac-

ticaba en la oscuridad de las cavernas, cuando los hombres recorda-
ban fragmentos de su pasada gloria. Pero no por ser antiguo este culto es primitivo. Proviene en línea recta de la gran civilización perdida
de la Atlántida. La extraña estatua denominada la Virgen de Quinipily,
en Baud, Morbihan, es, sin duda, la única representación de Viviana
que existe, aunque muy revisada y corregida por los tijeretazos sabiamente ordenados por la Iglesia, hostil, como cabía esperar, a la vene-
ración que sentían por ella las gentes de la región. Las orejas de esta
fabulosa divinidad son agallas de pez. El hada de las aguas, la diosa de
los tuatha de Danann, la Dama del Lago Viviana, no podía represen-
tarse de otro modo.

Según algunos, Viviana nació en el fondo del lago del castillo de
Comper, en Brocéliande. Se trata de una afirmación no justificada,
más fundada en bases mercantiles que en realidades. De todas formas, ¿por qué hay que fijar los orígenes de Viviana en un punto de-
terminado? Viviana es universal, omnipresente, existe desde el comienzo de todo. Su dominio es el de las aguas de un lago desconocido
y el vasto bosque celta que resguarda, protege y alimenta a sus hijos.
La gestación creadora de Viviana se desarrolla a lo largo de la evolución de la especie humana. Nace y muere con los hombres. Sus destinos están íntimamente ligados.

Una de las obras de Viviana es su increíble misión de eternidad.
Hasta el fin de los tiempos, es la guardiana de Excalibur, la espada
única forjada por los dioses celtas. Esta arma inalterable, con poderes
difíciles de controlar, está destinada sólo a hombres que se muestren
dignos de ella, a corto o largo plazo. Por lo menos dos reyes recibieron
a Excalibur: Uther Pendragon y luego su hijo Arturo. La espada fue
entregada a Uther directamente por Viviana bajo los benévolos auspi-
cios de Merlín el druida.

Imaginemos un lago oscuro de aguas serenas y brillantes como un
espejo. Una ligera bruma se estanca a ras del agua y el sol asciende poco a poco en el horizonte. Hay un hombre arrodillado en la orilla. Junto a él, Merlín, el druida, se apoya en su bastón. Ambos tienen la mirada fija en el agua. De pronto surge la espada, sostenida por una larga
y delicada mano. El tiempo parece suspendido; sólo unas gotas rom-
pen el silencio con su chapoteo, semejante a las horas que pasan.
Uther avanza y su armadura parece menos pesada en el agua. Despacio, paso a paso, se acerca a la espada. Antes de cogerla, adivina la
presencia del hada. Sus cabellos de oro como algas frágiles y su brazo
pálido cubierto de escamas plateadas están allí, cerca de la superfi-

cie... Górgona y Medusa. Uther coge la espada y vuelve junto al mago. La mano de Viviana ya no es visible, la Dama del Lago ha regresado a su reino, pero sabe que el retorno de Excalibur está cerca, pues Uther no es el rey designado por los dioses.

En esto se equivoca. Uther, el incontrolable, el imprevisible, el impetuoso, es poseído por el poder de la espada hasta el punto de que se niega a legarla a su sucesor sin prueba. Víctima de una emboscada, recibe una herida mortal, pero, antes de morir y en un último esfuerzo, hunde la mágica hoja en el granito más duro. Excalibur permanecerá allí durante décadas, clavada en la roca bajo la mirada incrédula de Merlín.

El rey ha muerto y la espada no puede regresar a las manos de su guardiana, Viviana, porque ha sido hechizada por Uther en un último aliento. Este hechizo es poderoso e ineludible, ni siquiera la extraordinaria magia de Merlín puede hacer nada. Sólo el rey reconocido y designado por los dioses, por el dragón, será capaz de arrancar a Excalibur de su vaina de piedra.

En realidad, durante este largo periodo en que los celtas carecieron de rey, la espada única se revistió aún más de todas las emanaciones cósmicas, a través de la empuñadura erguida hacia los cielos, y de todas las fuerzas telúricas del Gran Dragón, a través de la hoja hincada en una de sus escamas.

Lo que viene después es de todos conocido. Arturo, joven escudero de los hijos de su familia adoptiva, intenta y logra la hazaña ante la que han fracasado cientos de caballeros. La espada única ha encontrado a su rey, la Tierra está salvada y la unidad de los celtas quedará preservada.

Sin embargo, las mejores cosas tienen un fin y Arturo debe morir a manos de su propio hijo. A petición suya, uno de sus compañeros lanza a Excalibur al centro del lago. La mano de Viviana surge bruscamente y recibe el arma, que regresa a los abismos. El hada recupera su función y guarda de nuevo la espada de los dioses, hasta el retorno de Arturo al frente de su pueblo...

La otra función vital de Viviana, aunque mucho menos impregnada de magia, es la que, sin duda, le hace sentir las emociones más intensas: la educación de Lanzarote. Lanzarote sólo es su hijo adoptivo, porque en realidad es hijo de Ban de Bénoïc, ¡un rey indiscutiblemente armoricano! ¿A qué se debe esta adopción, que en su origen es un rapto? Se mantiene el misterio, pero cabe imaginar que responde a fines pancélticos, para forjar así el carácter sombrío de Lanzarote.

Durante años, Viviana enseña el arte del combate y la magia a Lanzarote. Le ama como si fuese su propio hijo y hace todo lo posible para que se convierta en el mejor y más recto caballero del mundo. Gracias a su iniciación, Lanzarote se transforma en el arquetipo del caballero, ejemplo para todos sus iguales.

Durante mucho tiempo es compañero del rey y se mantiene virtuoso, hasta el día en que da libre curso a su amor en los brazos de Ginebra, para la pérdida de los dos... Después de errar durante mucho tiempo y tras una búsqueda sin salida, en la que sólo se encuentra frente a sí mismo, Lanzarote se retira del mundo y se hace ermitaño.

Al término de la epopeya, Viviana regresa también a su reino acuático como buena sierpe. Viviana se llama también Niniana en algunas versiones. Viviana, *Vivonne* —el río de Lusignan, de Melusina—, es en realidad la sierpe.

Viviana también debe volver a la vida pública al regreso de Arturo, Merlín y Morgana.

LANZAROTE DEL LAGO

Los dioses no mueren, reciben nuevos nombres, los que les dan los humanos, pero son eternos. Lanzarote del Lago, el caballero de los caballeros, el que será referencia absoluta para sus iguales, es la reencarnación de Aengus, dios del amor, hijo de Dagda y de Boann, diosa de las aguas. Así pues, su auténtico origen se revela a la luz del día. Lanzarote, hijo de Ban de Bénoïc, un rey armoricano, es también hijo espiritual y adoptivo de la Dama del Lago, Viviana o Niniana, que no es otra que Boann reencarnada.

Lanzarote es el protagonista de las aventuras caballerescas de Arturo y sus compañeros. La dimensión trágica que imprime con sus actos y su personalidad a todo el mito artúrico, su valor, su coraje, su amor culpable pero fiel por la bella Ginebra, su extraordinario dominio de las armas y su gran firmeza lo convierten en un hombre digno de respeto, en un noble caballero, en el sentido más profundo de la expresión. Es el que resplandece de verdad en todo el reino de Arturo, y cuando regresa a su casa, lejos del palacio, de sus vanidades, de las conjuras y de las influencias, el reino se sume en el caos. Lo más extraordinario de su privilegiada situación es que Lanzarote no se encuentra entre los primeros compañeros del rey. Por otra parte, en el ámbito de los escritos el personaje es también tardío... Sabe imponerse, eso es todo.

Lanzarote del Lago es también, sin discusión, un héroe armoricano. Su país se sitúa en Brocéliande, el bosque druídico, el bosque mágico, pero vamos a descubrir el lugar donde nació.

Lanzarote es verdaderamente un ser poco común que sólo pertenece a sí mismo. Nunca está del todo junto a sus compañeros, ni está siempre presente junto a su rey y amigo. Lanzarote es un caballero errante, torturado por los genes de sus lejanos antepasados, llegados de Asia o de las islas del Norte para morir a dos pasos de las olas del Atlántico. Inestable por naturaleza, está en perpetua búsqueda de su identidad, así como de afecto.

Según la vieja leyenda, el hijo del rey Ban de Bénoïc y de la reina Hélène vivirá poco tiempo junto a ellos. Cuando Lanzarote sólo cuenta con unos meses de edad, la familia debe huir del castillo asediado. El rey, la reina y el pequeño Lanzarote atraviesan una zona pantanosa del sur de Bretaña y alcanzan un inmenso bosque en cuyo corazón se halla un estanque. El rey agotado y herido muere frente al mismo, en los brazos de su esposa. Hélène busca entonces un medio para proteger a su hijo, pero una serpiente, una sierpe, un hada de las aguas, se lo arrebata de los brazos para arrastrarlo a lo más profundo de su dominio. Este hada de las aguas no es otra que Viviana. Es ella quien cría al niño, lo educa, lo inicia y lo convierte en un señor de la guerra. Ya no es Lanzarote de Bénoïc, ahora es Lanzarote del Lago, transformación, encarnación de acuerdo con la cosmogonía y los mitos celtas.

Tenemos algunas pistas en nuestro poder y parece interesante dedicarles un mínimo de reflexiones susceptibles de aportar información capital.

Así pues, el padre de Lanzarote era el señor Ban de Bénoïc, nombre indiscutiblemente bretón armoricano. Podría relacionarse con un lugar: nos hallamos, en efecto, en la zona de Redon, en el municipio de Allaire, en un lugar llamado Ban. Sin duda, en este sector geográfico hay que buscar el rastro del dominio de Ban, pues la leyenda resulta clara en este sentido: la familia vive al sur de Bretaña y atraviesa una zona de pantanos antes de alcanzar un bosque con un gran estanque en el centro. El bosque es, evidentemente, el bosque de Brocéliande. Más al sur, existe un solo bosque, el del Gâvre, situado entre Blain y Redon, pero no tiene ningún estanque.

Las zonas pantanosas que se encuentran en toda esta amplia región, entre Vilaine y Loira, se sitúan en Brière y en la zona de Redon.

Dejemos de lado Brière, que no oculta la sombra de un antiguo Ban. En cambio, en la zona de Redon están reunidos todos los elementos, lo que la convierte en el sector más probable para situar las tierras de Ban de Bénoïc. *Ben*, que significa «desembocadura» en bretón, aparece en Bénodet, en la desembocadura del Odet. Así pues, Bénoïc puede significar «pequeña desembocadura». Y resulta que a los pantanos de Redon no les faltan desembocaduras: tenemos la del Don (recibe su nombre de la diosa Dana, no hace falta recordarlo), que desemboca en el lago de Murin, a poca distancia de la Vilaine; también tenemos la del Oust y, por último, la del ¡Arz!, el río del oso, animal totémico personificación del rey Arturo. Todo concuerda a la perfección.

Se trata de un descubrimiento inédito que refuerza mi convicción de que la epopeya del rey Arturo es, ante todo, bretona. No niego que vivir en la región de Redon ha alimentado mis reflexiones, pero también hay que doblegarse ante la evidencia.

Por lo tanto, Lanzarote del Lago es originario del País de Redon, la antigua ciudad de los redones, en un sector limitado al este por el lago de Murin-en-Massérac y al oeste, por Allaire. No obstante, Lanzarote se convirtió muy pronto en uno de los misteriosos habitantes del bosque de Brocéliande, el actual bosque de Paimpont, debido a que Viviana, el hada, criatura enigmática, se convirtió en su madre adoptiva. Este hecho no es tan raro, pues en las leyendas de Bretaña las hadas suelen raptar a niños pequeños sólo por placer. El fondo mitológico está siempre ahí, para alimentar las nuevas epopeyas o las historias, las que nuestros hábiles narradores solían contar por la noche, en un tiempo, no tan lejano, en que las llamas del hogar reunían a familias y vecinos.

El dominio de Viviana es una fortaleza situada sobre una esfera de cristal, en la que sólo viven mujeres, en una primavera permanente embalsamada por el perfume embriagador de las flores. Tratar de buscar un lugar así en Brocéliande sería un esfuerzo vano, aunque ocurren cosas poco banales bajo las frondas seculares de sus árboles. Recuerdo, por ejemplo, un episodio vivido con mi amigo Jean-Charles, en pleno rodaje de un vídeo sobre el bosque y sus misterios. Era el mes de mayo de 2001, hacía buen tiempo y nos disponíamos a filmar a Excalibur, la espada mágica, hundida en la roca al borde del lago de las hadas. El sol hacía brillar la hoja, que desprendía mil destellos. Era magnífico. Los juncos dorados exhalaban su perfume de coco; todo era mágico. Tras captar las imágenes, decidimos dirigirnos hacia otro lugar de rodaje cuando, en cuestión de pocos segundos, el cielo se volvió completamente negro. Ya no estábamos en la misma estación, ni en la misma época. En una fracción de segundo, había empezado a caer una tormenta de nieve y hacía un frío terrible. Conservamos las imágenes de aquel momento extraordinario. Fue breve, no más de cinco minutos, pero cinco minutos durante los cuales Jean-Charles y yo habíamos sido proyectados a otra parte de ese bosque lleno de secretos. ¡Recuerdo la cara de la gente del bar de Paimpont cuando les mostramos en la pequeña pantalla digital aquella tormenta invernal mientras nos calentábamos delante de dos cafés! No hace falta decir que pocas veces nieva en Bretaña... ¡y mucho menos en pleno mes de mayo!

Así pues, las hadas se manifiestan a veces a los hombres, y unos pocos privilegiados habitan en sus dominios. Lanzarote es uno de ellos, por lo que puede considerarse un hombre distinto. Los seres humanos son sus hermanos, pero las hadas son sus madres. Pertenece a los dos mundos, como Lug, fomoriano y tuatha de Danann, las dos cosas a la vez.

El hermoso Lanzarote del Lago es también el igual de Aengus, el dios del amor, aunque está impregnado del carácter de Lug el brillante, cuyo aspecto adopta a veces. El realizador John Boorman, en su magnífica *Excalibur*, da a Lanzarote el aspecto angelical de Aengus y la brillante armadura de Lug. ¿Cuántas veces el actor es filmado con un halo luminoso a su alrededor? ¡Es impresionante! Boorman es el único cineasta que ha captado de forma magnífica el aspecto divino de los personajes de esta rica saga. ¡Es la base de todo! Los más grandes éxitos cinematográficos de la historia se lo deben todo al mito artúrico, aunque sin confesarlo nunca, eso sí. La producción de George Lucas *La guerra de las galaxias* es una copia exacta de esos temas eternos: el amor, el odio, la princesa, el caballero... Los caballeros de la Mesa Redonda son sustituidos por los jedi, Excalibur por la espada de láser, ¡pero no cabe duda de que el fondo es el del ciclo artúrico! Cabe recordar que los norteamericanos, a veces poco inspirados, no inventan nada y se conforman con adaptar, muchas veces con brío, los mitos que no son suyos.

Lanzarote es un héroe atormentado, ambiguo, atenazado por el amor irracional que siente por Ginebra. Pierde la razón y se hace ermitaño, extraviado en el bosque y también en su mente, pero se recupera con ocasión de la última batalla de los ejércitos de Arturo. Lanzarote muere trágicamente, pues esta era su única salida, la que le llevaría hacia el Otro Mundo, donde encontraría la serenidad.

EXCALIBUR

Los personajes no son las únicas transposiciones del esquema mitológico y del tronco legendario celta. También se ven afectados los lugares o los objetos. Tomemos el ejemplo de la espada forjada por los dioses y guardada por la Dama del Lago, Excalibur.

De forma general, la espada separa el bien del mal y da la muerte, pero también la vida, mediante su acción protectora. Representa el aspecto concreto de la luz que se refleja y se revela a través de su hoja. La espada es, asimismo, símbolo de la transformación y de las intervenciones de los distintos elementos, entre ellos el agua y el fuego, necesarios para su fabricación, para el trabajo de la forja, tan similar a la labor alquímica. La espada vincula al caballero con las fuerzas terrestres y por eso resulta determinante en los combates contra los dragones, ¡animales telúricos por excelencia! A través de la espada es armado el caballero, por San Miguel y San Juan.

Excalibur representa la fuerza de los dioses sintetizada en su hoja, a través de la cual se convierte en un arma sobrenatural y temible. Excalibur es la transformación cristiana de la lanza de Lug y de la maza de Dagda. Clavada en su roca, ¿no es acaso como la cruz de Cristo?

EL GRIAL

El grial, cáliz inaccesible a los seres humanos, incluso para los más puros y nobles caballeros, es el objeto de todas las codicias, no siempre motivadas por una búsqueda metafísica y espiritual.

¿Qué es el grial? Dos versiones pretenden dar una respuesta a esta pregunta. La más extendida es esta: Lucifer, el que lleva la luz, se rebeló un día contra el Creador. Como castigo, fue expulsado y precipitado hacia el abismo de las tinieblas; durante su vertiginosa caída una esmeralda que tenía en la frente cayó al suelo, donde el primero de los hombres la recogió, la esculpió en 144 facetas y la transmitió en herencia a su descendencia. El número 144 es importante, puesto que se halla directamente vinculado a los 144.000 redimidos de lo Eterno.

La segunda versión, que al fin y al cabo puede ser una prolongación de la primera, explica que en los tiempos mesiánicos José de Arimatea, discípulo clandestino de Cristo, poseía un vaso que había hecho esculpir en la esmeralda de Lucifer. Recogió la sangre del crucificado en este cáliz, desde entonces sagrado... Según algunos autores, José de Arimatea abandonó Palestina para trasladarse a la Galia, donde, tras muchas peripecias, visitó las regiones celtas, entre ellas la Armórica y la Bretaña insular. Habría sido incluso el primer obispo de Glastonbury, a menudo confundido con Avalón de forma voluntaria o involuntaria.

Una vez más, asistimos a la mezcla de los temas paganos y cristianos, hasta el punto de no poder distinguirlos ya entre sí. Sin embargo, es curioso constatar que el inconsciente colectivo puede centrarse en el aspecto material del mito, de forma que algunos países reivindican la posesión del fabuloso objeto como si, con su simple presencia, derramase sobre sus habitantes una parte de su contenido invisible y, por lo tanto, divino.

Entre los aspirantes, hallamos en primer lugar Inglaterra. En la rivalidad entre sajones y celtas, algunos mitos se han convertido en una baza formidable, una especie de argumento propagandístico de peso. Por las mismas razones, no puede discutirse la importancia de la literatura anglosajona en la epopeya del rey Arturo, aunque de ahí a reconocerle un fundamento hay un gran paso que no me decido a dar.

Así pues, el grial estaría bien custodiado, bajo la vigilancia de algunos grupúsculos neotemplarios, en la cripta oculta de alguna capilla. Según unos autores, se halla en la capilla de Rosslyn, al sur de Edimburgo, o en Glastonbury o, incluso, en Westminster. También hay quien ubica el grial en los Pirineos, en la zona de Rennes-le-Château, con su apasionante enigma. El camino sagrado hacia Santiago de Compostela sería también un refugio para el cáliz de piedra. Galicia, esa tierra celta de Iberia, disfrutaría de este formidable privilegio. Es la historia del milagro de O Cebreiro: el cáliz conservado en la iglesia se considera el santo grial de Galicia y aparece como tal en el escudo de armas de la provincia. En efecto, al parecer asistió a la transformación del vino en sangre real de Cristo, conservada en una de las dos ampollas de cristal de roca desde el siglo XIV, mientras que la hostia se transformó en verdadera carne en la patena, materia que hoy en día se conservaría en la segunda ampolla.

En cuanto al continente africano, hay que acudir a Etiopía, cuna de una civilización excepcional muy vinculada a la egipcia, no menos notable. El grial estaría allí, acompañado del arca de la alianza, severamente protegidos por un guardián solitario y devoto de la capilla de Santa María de Sión, en Aksoum.

Se conocen varios ejemplares del grial, entre ellos uno de piedra dura en la Hofburg de Viena. En realidad, se encuentran tantos como trozos de la Vera Cruz, ¡que reunidos compondrían un inmenso bosque! Todos los medios son buenos para reforzar la fe y focalizarla. En definitiva, ¡el grial está en todas partes y en ninguna! Sin embargo, en el corazón de los seres humanos resulta difícil encontrarlo.

No, todo esto no es serio y conviene plantearse al menos una pregunta. ¿Cómo se explica que José de Arimatea pudiese recoger en este vaso la sangre de Cristo muerto cuando es bien sabido que un cadáver no sangra? ¡Ah, sí, los milagros! El único milagro es el que hace de este mítico vaso una realidad totalmente virtual y desconcertante.

¿Santo grial o sangre grial? La cuestión merece que reflexionemos brevemente. El fluido vital del Verbo encarnado, contenido en la esmeralda del Portador de luz, es el soporte de difusión de la información primordial y definitiva, especie de código genético que hay que descifrar. Eso es lo que el hombre caballero, *cabalero*, debe hallar al final de su búsqueda iniciadora. ¡Recordemos en la cábala el arte del *cabalero*, grial = 39, Dios = 39!

En los relatos del siglo XII, la búsqueda del grial es una auténtica búsqueda de otro significado del mensaje cristiano. La sensata mezcla de gnosis celta y cristiana aporta una nueva dimensión, una respuesta filosófica de otro orden. Estábamos en plena crisis de identidad religiosa y convenía aportar una nueva «sangre» a la religión de Cristo, víctima de los abusos y la incuria de sus mandamases.

Así, cabe buscar la presencia del grial en los mitos celtas portadores de la nueva metafísica en gestación, tras la eclosión y represión de ciertas *herejías* templarias o cátaras.

Encontramos el grial en el caldero de Dagda, el dios druida primordial: caldero del conocimiento mediante el cual alimentaba a sus hombres con un contenido secreto e inagotable, un fluido (espíritu/spirit vital). Encontramos también el grial en el caldero de Cerridwen, que también poseía un saber inmenso que daría vida al famoso bardo Taliesin. El caldero celta posee y transmite el conocimiento y la inmortalidad, lo que se atribuirá al grial de forma mucho más tardía.

En Champagne, gracias a Chrétien de Troyes, el grial adquiere todas sus «cartas» de nobleza. No olvidemos que en esta región de

Francia la Orden del Temple tomó su primer impulso,[12] y fue precisamente a los templarios a quienes Chrétien de Troyes confió la custodia del grial en su obra *Perceval o El cuento del grial*.

De hecho, las obras de Malory, Eschenbach o Chrétien de Troyes ocultaban un esoterismo celta del que se hacían portadores, mientras que la Iglesia, a través de esos mismos textos, transmitía el esoterismo cristiano. Opino que estos autores, valientes y hábiles, recibieron el mandato de cumplir dicha misión. El detalle de sus escritos resulta demasiado inspirado para que sólo sea pura invención. ¡Hay que admitir que el propósito es evidente!

Según Wolfram von Eschenbach, «aquel que quiera conquistar el grial sólo puede abrirse camino hacia este precioso objeto con las armas en la mano». Por lo tanto, es una lucha áspera y difícil, sobre todo contra uno mismo, que sitúa al buscador en un camino de incierto destino.

El cáliz sagrado es el que «cortó» a la pareja original así separada. Tomás 2, 14: «Jesús dijo: aquel que busca no debe dejar de buscar hasta que encuentre, y cuando encuentre quedará asombrado, quedará maravillado y reinará sobre el Todo». Aunque este fragmento no procede de los Evangelios canónicos, no por ello carece de valor. En el interior del cáliz sagrado el hombre hallará su reflejo, su *i-magen*, ¡pues *I* es símbolo de Dios!

Deberá comprender que está ligado, que está RE-LIGADO, del latín *ligare*, de donde procede *religión*. Está ligado a lo divino, a las leyes divinas y cósmicas, ¡y por ello tiene *ob-lig-aciones*! Sólo obtendrá la libertad que clama y re-clama a voz en cuello aceptando esta verdad. Cualquier otra búsqueda de libertad será en vano. Por ello, deberá dar pruebas de *inte-lig-encia* y sabiduría si quiere la revelación (Apocalipsis 13, 18).

El cáliz es *la* matriz original que lleva en sí el germen humano-angelical. El hombre cortado tiene que reencontrarse, encontrar su reflejo, su otro. ¡El vaso será entonces el cáliz de la re-unión sagrada! ¿Captamos la función de la pareja alquímica Ginebra/Arturo?

¡La búsqueda del grial consiste en esto y en nada más! Grial, receptáculo, copa para almas gemelas que se convertirán entonces en «los fusionados» = 158, «dioses gemelos» = 158 (número obtenido a través de la alfanumeración, práctica cabalística que constituye una herencia de la tradición occidental).

12. Véase *Los templarios*, Editorial De Vecchi, Barcelona, 2001.

Entonces y sólo entonces, el cuarteto de Nostradamus (Centuria 10, XLII) adquiere todo su auténtico significado:

El reinado humano de Angélica paternidad
Hará mantener a su reinado por paz y unión [...].

Por eso fracasó el mejor de los caballeros, incapaz como era, a pesar de sus cualidades y virtudes, de realizar la obra de transubstanciación, que es, como su propio nombre indica, el deber que tiene el ser humano de trans-mitir y transmutar todo lo que recibe en Amor infalible, puro y universal.

Podemos vislumbrar la sutileza de la comunión tras la transmutación íntegra del pan y el vino recibido en el cáliz/grial en la sustancia del cuerpo y la sangre de Jesús, Verbo encarnado. Y ya habremos comprendido por qué afirmaba *Sum qui sum*, «Soy el que soy». Pero quien quiera salvar su alma la perderá (Mateo 10, 39). ¡Conviene meditar sobre esta parábola, visiblemente incomprendida!

Invito también al lector a hacerlo sobre las reflexiones de una amiga: ¿es el cáliz o la propia búsqueda aquello que tiende a reunir lo que ha sido desunido? ¿Y si esta copa sólo fuese parábola? Los caminos del Señor, a menudo impenetrables e incomprendidos, ¿resuenan de la misma forma para todos, o cada cual oye su propia melodía? ¿Es la copa donde se vertió la sangre compartida con amor, o la ofrenda, el sacrificio, lo que le da su carácter de santidad?

¡No hay un grial, sino dos! El grial es una copa, una semiesfera que, imantada, atraída por su otra mitad, debe unirse de nuevo a ella para formar un solo globo, un todo. Así, los dos seres separados y reunidos habrán llegado al término de su búsqueda. Las almas gemelas se habrán encontrado. La búsqueda es, a la vez, de lo divino y del amor perdido. Cada ser humano busca en su cónyuge, el otro, al primero, que también es el último. «Cambiar de vida, cambiar de cuerpo», dice el poeta, ¡en vano! Pocos son los seres humanos que encuentran durante su encarnación a esa otra parte de ellos. Cuando sucede, se alcanza lo sublime, la ruta por fin se cumple, ¡el Andrógino renace!

Carl Gustav Jung veía en el grial «la plenitud interior que siempre han buscado los hombres». Como ya habremos entendido, la búsqueda del grial es algo muy distinto; se sitúa más allá de los límites del entendimiento, es mucho más que un simple resumen, que una caricatura de estado de ánimo.

Si es posible, cabe constatar que, mucho antes de las tribulaciones de Cristo, la cosmogonía celta, a través de sus dioses más venerados, había transmitido ya este saber esencial. ¿No había recibido Conn Cetchathach de manos de Lug, en el Otro Mundo, una copa sagrada que contenía todos los secretos de los dioses y los seres humanos?

TRISTÁN E ISOLDA

Esta búsqueda nos lleva de forma inevitable al encuentro de dos seres de amores tristemente legendarios, héroes trágicos del universo mitológico celta: Tristán e Isolda.

Tristán era sobrino del rey Marc'h de Cornualles; por lo tanto, un héroe armoricano, indisociable de su país. Un filtro mágico preparado por la madre de Isolda dio origen a su amor inconmensurable, apasionado, ese tipo de amor que surge cuando los dos seres de la pareja original separada se reencuentran en esta dimensión.

Sin embargo, Isolda, joven princesa irlandesa, estaba destinada al rey Marc'h, nombre que significa «el caballo» en bretón. Este rey debía hallar esposa para salvar su reino. Una golondrina depositó un cabello de oro en una ventana del castillo y Marc'h quiso casarse con la mujer a la que pertenecía el cabello. Era Isolda.

Marc'h confió a su sobrino Tristán la misión de ir a buscar a la bella a su país. Al llegar al reino de la joven princesa, Tristán, noble y valiente caballero, se apresuró a acudir a expulsar a un malvado dragón que asolaba la región. La mala bestia, vencida por el héroe, tuvo tiempo de herirle. Tristán permaneció inconsciente junto al monstruo con las llamas apagadas. Mientras tanto, un usurpador se atribuyó la victoria sobre la bestia, pero Isolda y su madre no se dejaron engañar. Encontraron a Tristán y le curaron. A continuación, él pidió la mano de Isolda en nombre del rey Marc'h.

Se decidió la boda entre el rey y la joven princesa. La madre de Isolda, que debía ser un poco maga, druidesa, preparó un filtro de amor para que los novios se amaran para siempre desde la noche de bodas. No obstante, de forma fortuita, Tristán se llevó a los labios este fluido mágico y se lo dio a Isolda. ¡La copa, siempre la copa! El sortilegio fue eficaz y Tristán e Isolda quedaron unidos.

A pesar de todo, la boda prevista se celebró, con una fiesta grandiosa en Cornualles. La primera noche, que representó un símbolo para la pareja, Brangaine, la criada de Isolda, la sustituyó en el lecho conyugal con la esperanza de que Marc'h no notase el engaño. Mientras, Isolda estaba en los brazos de su amado caballero. Los amantes pudieron amarse en secreto durante mucho tiempo, pero todo secreto se revela algún día.

Y así ocurrió. Marc'h los halló dormidos, separados por la espada de Tristán, como Excalibur entre Ginebra y Lanzarote... El rey habría podido matarles, pero dejó que siguiesen durmiendo, limitándose a sustituir la espada de Tristán por la suya propia. Esta piedad conmovió a Tristán en lo más profundo de su corazón. Trastornado, abandonó el castillo y se exilió. Tomó esposa por despecho, sin sentir amor alguno por ella y, disfrazado, visitó a Isolda con la mayor frecuencia que le fue posible. Y así transcurrió la vida de los dos amantes ocultos.

Tristán fue también un caballero y la guerra le ocupó gran parte del tiempo. Un día resultó herido de gravedad y se vio obligado a apelar a Isolda, pues sólo ella podía curarle. Los amantes acordaron que Isolda anunciaría su llegada con una vela blanca en la proa de su navío, pero la esposa de Tristán, por celos y venganza, anunció a su marido herido que había una vela negra. Empujado por la desesperación, Tristán se arrojó sobre su espada y puso fin a su vida antes de que la hermosa Isolda tuviese tiempo de llegar junto a él. Sólo en el Otro Mundo, poco tiempo después, Tristán e Isolda pudieron reunirse en el espacio y el tiempo infinitos.

Esta es la trágica historia de Tristán e Isolda. Aunque el tema se alimenta con una buena dosis de moral cristiana, el fondo celta está muy presente. No cabe duda de que la madre de Isolda es una druidesa: conoce las hierbas medicinales y posee el don de embrujar, conocimientos ambos procedentes de la tradición celta más remota. Isolda es también una druidesa; su saber no iguala el de su madre, pero también conoce el arte de sanar, en particular aquellas heridas que no cicatrizan y que afectan a su amante. Es originaria de la isla de Irlanda, donde las tradiciones druídicas se enseñan todavía, aún más que en la Armórica.

Por su parte, el rey Marc'h es un personaje teñido de paganismo. Es primo del rey Arturo y, por lo tanto, de la misma antigua estirpe, la de los Pendragon, pero es un jefe de guerra, no un mago. Un día es alcanzado por un sortilegio que le lanza una princesa a la que acosa sin cesar, Dahud, muchacha de costumbres ligeras, como suele decirse, puesto que es hija de Gradlon, rey de la legendaria ciudad de Is, en la que reina el desenfreno. Además, Dahud posee algunos dones, lo que no puede dejar de hacerla sospechosa a los ojos de la bienpensante Iglesia. En cuestión de desenfreno, es muy probable que los ritos druídicos se desarrollasen sin complejos, bajo la batuta de Dahud, en el recinto de la ciudad de Is, protegida por su situación en mitad de las aguas del océano.

Como Dahud se entrega a quien quiere y no según el deseo de un rey cristiano poco respetuoso con la enseñanza de los sacerdotes, no se le ocurre otra cosa que lanzar un maleficio al rey Marc'h, que durante un tiempo lleva las crines y las orejas de su caballo, Morvarc'h, el «caballo de mar». Ridiculizado, Marc'h debe ocultarse y solicitar los servicios de un barbero para reducir la longitud de sus crines. Este, incapaz de guardar el secreto, lo grita a la landa, donde tres rosales lo recogen. Convertidos en abejorros de *Biniou Coz*, cantan por todas partes la desgracia del rey Marc'h. Muerto de rabia y vergüenza, el rey se arroja desde lo alto del acantilado, pero es curado de sus heridas por una sirena, un hada. Marc'h morirá mucho más tarde, en la batalla de Mont-Badon. Su sepultura se halla en el Menez Hom.

Puede verse claramente que es una diosa pagana la que salva al rey cristiano perdido. Ello equivale a decir que volverá a encontrar el camino recto, el de sus dioses y creencias, de los que había renegado.

La epopeya de Tristán e Isolda es, a la vez, patética y desconsoladora. Íntimo matrimonio de la cultura celta y la cultura cristiana, mezcla también una multitud de sentimientos confusos que debilitan el aura de los protagonistas. El perfil de quienes intervienen en este melodrama es alimentado de forma indiscutible por los mitos de los dioses y héroes antiguos. Así, Tristán es una mezcla de Manannann Mac Ler, de Aengus, el dios del amor, de Cuchulainn, de Cathbad y de Ailill. Si releemos sus fichas de identidad encontraremos enseguida lo que pertenece a uno y a otro en el infortunado Tristán. En cuanto a Isolda, debe mucho a Blathnat y a Riahnon. El pájaro que lleva su cabello y los que acompañan siempre a Riahnon son relaciones evidentes entre estas dos diosas. El estrecho vínculo entre esta Riahnon y los caballos nos guía hasta el rey Marc'h. Derbforgaille, enamorada del héroe Cuchulainn, aporta también su contribución a este mito de la Edad Media.

Antes de cerrar este apartado, conviene romper el mito de estos relatos caballerescos, muy alejados de la realidad, incluso de la realidad de la época. Aquellos hombres vestidos con armadura, aquellas hermosas princesas «virtuosas» eran también el reflejo de lo que se desarrollaba en las recámaras polvorientas de las mugrientas fortalezas. En cuanto a los autores, a menudo clérigos, raramente aplicaban la moral que marcaba sus textos...

Hay que reconsiderar algunos conceptos. Por ejemplo, la muerte no es la única salida, no es el único medio de unión total, ¡por fortuna! Tristán es un enamorado ruin que prefiere batirse en retirada antes de enfrentarse a su tío. ¡El caballero no parece muy convencido! Todo ello, sin contar que toma esposa y se apresura a engañarla. Pero esto sólo son constataciones, sin juicios de valor.

¿Es amor todo esto? El amor entre Tristán e Isolda estaba condenado de antemano... ¡Uno no se enamora locamente por haber bebido un poco de filtro mágico! ¿Y la esposa engañada? ¿Parece animada por buenos sentimientos? ¡El blanco y el negro no se confunden! Estoy de acuerdo en que los bellos sentimientos caballerescos reciben golpes bajos en este caso y, entonces, las pruebas de amor dan paso a egoísmos exacerbados. Lamento situar las cosas a otro nivel. Por otra parte, no es propio de esta producción literaria colocar a los personajes en situaciones delicadas. En los tiempos de los dioses y los héroes primordiales pasaba lo mismo, ¡lo que les confiere unos comportamientos demasiado humanos para que no lo sean!

En este caso, el fatal desenlace de un idilio fallido sólo es el pretexto, la coartada para situar en pleno mundo cristiano y culpabilizador unas ideologías del todo celtas, entre otras, pues las relaciones entre hombres y mujeres están muy lejos de adaptarse a los cánones de la Iglesia. La muerte de los amantes Tristán e Isolda, íntimamente dependiente de un navío, es un tema fundamental de esta mitología.

LA MUERTE

La muerte constituye un tema fundamental para los celtas, ¡una larga historia que continúa mucho más allá de la vida!

Si en nuestra civilización occidental la muerte sigue siendo un tema tabú —lo que no impide diversas iniciativas comerciales en ocasiones vergonzosas, extraña paradoja y magistral hipocresía—, para la civilización celta forma parte de la vida y es su prolongación.

Entre inquietud y fascinación, la muerte representa un eje esencial en los ritos más primitivos.

La muerte es un interrogante. No sólo por el misterio de la vida, que sigue sin hallar explicación ante la inercia de los cuerpos, sino también porque implica, en general, una continuidad, una supervivencia, otro lugar desconocido que angustia, tranquiliza o aterroriza.

Desde la infancia, la humanidad se enfrenta a la muerte. Muerte de un familiar, de una mascota; entonces brotan los primeros interrogantes en los repliegues más secretos del cerebro. Amor y muerte están íntimamente ligados. Se llora el amor de aquel que ya no está para darlo, recibirlo y compartirlo. Algunos matan por amor. En nombre del amor todo se justifica, incluso la muerte.

Se llora también la ausencia de ese otro... Unas veces en silencio, discretamente, con pudor; otras veces con derroche de gritos, lágrimas, gesticulaciones e indecencia. ¡La indiferencia frente a la muerte es una verdadera tara!

La muerte cuestiona también la función de la divinidad. A menudo se oyen en boca tanto de ateos como de creyentes preguntas como las siguientes: «Si hubiese un Dios, ¿realmente permitiría esto?» o «¿Por qué, Dios mío, le has llamado a tu lado?». Es sistemático; ante la muerte no podemos evitar la evocación de Dios. Dios da la vida y por fuerza tiene que dar la muerte. Curiosamente, nadie se pregunta si, como seres humanos responsables de nuestros actos, merecemos la eventual intervención divina que imploramos.

En definitiva, siempre buscamos en Dios las respuestas a nuestras preguntas, a todo lo que no comprendemos. La ciencia todopoderosa, al menos cuando se le concede tal poder, no aporta gran cosa. Explica, racionaliza el fallecimiento, pero no dice lo que le ocurre al difunto a continuación. Existe ahí un «vacío» que llenan más o menos, a menudo con diligencia, filosofías, teorías o religiones en las que cada cual encuentra lo que quiere aportarles. Según las sensibilidades, después de la muerte no hay nada, o está el Purgatorio, o el Infierno, o el Paraíso, o una reencarnación en las formas más variadas, de la metempsicosis al renacimiento en otro cuerpo. Cuando uno está muerto, ¿dónde está?

En Occidente, la muerte es un verdadero problema. Se evita, se desvía, se desafía, pero no se comprende. Tratamos de rechazarla por todos los medios posibles e imaginables, de los más nobles a los más viles. Algunos son capaces de matar para prolongar la vida de otro. Son conocidos los lamentables y sórdidos casos de tráfico de órganos, no sólo obtenidos de los difuntos, sino también de vivos. ¡Se compra, se roba, se vende un órgano! La muerte es realmente un comercio.

¡Todos iguales ante la muerte, desiguales ante la vida!

La muerte y la vida favorecen, en su incomprensión total, todos los excesos. Encarnizamiento terapéutico, eutanasia, manipulaciones genéticas, clonaciones, etc. Todo el equipo del científico loco está ahí, sobre el tapete, ¡sólo hay que utilizarlo!

Verdaderamente la muerte es para nosotros del todo inaceptable, ¡aún peor, intratable! ¿Nos presenta imágenes tan insoportables de nosotros mismos? Enfrentados a la muerte, las únicas respuestas que tenemos se sitúan en la perspectiva del mantenimiento de la vida. La propia muerte nunca se tiene en cuenta como una realidad, una necesidad vital, ¡una puerta de salida obligatoria! La enfermedad, los accidentes y el desgaste por oxidación son explicaciones al término de la vida, pero ¿qué ocurre después?

Volvamos a la oxidación. ¡Qué extraña paradoja! Cada bocanada de aire que aspiramos desde nuestro primer grito, al mismo tiempo que nos hace vivir, que aporta el oxígeno necesario para nuestra sangre y nuestro cerebro, nos conduce inexorablemente hacia la muerte. El aire es el vínculo entre nuestra vida y nuestra muerte, del primer al último aliento.

Los Fausto de los laboratorios farmacéuticos han entendido bien el interés de encaminar los estudios hacia esta búsqueda de la eterna juventud, hacia esta improbable fuente de juventud, ¡que es ante todo una enorme fuente de beneficios!

Así pues, la muerte es la salida ineludible para cada uno de nosotros. ¿Quiere decir esto que es también el objetivo último y definitivo del individuo?

La vida y la muerte implican preguntas que raramente hallan respuestas. Existen pistas y suposiciones, ¡pero ninguna verdad absoluta! Reconozcamos que ni las filosofías —de todos modos muy insípidas en nuestra época— ni los religiosos, ni los científicos, son portadores de hipótesis satisfactorias, y menos aún de respuestas...

DRUIDAS: VÍNCULOS ENTRE LOS VIVOS, LOS MUERTOS Y LOS DIOSES

La civilización celta aceptaba el ciclo nacimiento-vida-muerte-renacimiento de forma serena. Estos temas, fundamentales para el equilibrio de una sociedad, eran competencia de los druidas. Estos hombres y mujeres no eran los estúpidos hirsutos, supersticiosos y fetichistas que nos presentan, cuando alguien se digna hablarnos de ellos...

El druida era la base de la civilización celta, el intermediario entre el mundo de los vivos, el de los difuntos y el de los dioses. Las relaciones entre el Otro Mundo y el druida pasaban a menudo por un soporte que también unía la vida y la muerte. Este soporte, este elemento, era el agua. Ambivalente por naturaleza, el agua da la vida, pero puede volver a tomarla. Precisamente en esta dualidad se basa la intervención del druida. Este sacerdote de la naturaleza doma, en primer lugar, el agua en todas sus formas: ¡lluvia, arroyo, riachuelo, río, estanque, pozo y océano! El agua, como el fuego, sostiene las facultades adivinatorias del druida. En este sentido, es un auxiliar que permite el acceso al Otro Mundo.

Los textos irlandeses mencionan con frecuencia batallas durante las cuales los druidas, gracias a secretos hechizos, actúan en el líquido elemento y desencadenan a veces verdaderas catástrofes que ocasionan grandes pérdidas en las filas enemigas.

En Bretaña, en pleno bosque de Brocéliande, junto a la fuente «hirviente» de Barenton, yace una larga y pesada piedra, la Escalinata de Merlín. ¡Narra la leyenda que basta salpicar la piedra para que empiece a llover fuerte! En este caso, aparece el agua de dos formas: la de la fuente y la de las supuestas precipitaciones. Los druidas acudían antaño en procesión a este lugar, seguidos por las gentes del pueblo cercano. Reunidos allí, alrededor del monolito y de la fuente, procedían a una ceremonia ritual en la que magia y hechizos debían irrigar los alrededores en las épocas secas.

Podemos reírnos de ello, como nos reímos de todo en nuestra época irrespetuosa y presuntuosa, pero los hechos son indiscutibles, hasta el punto de que la propia Iglesia se ha visto obligada a adoptar y adaptar este rito. Según Théodore Hersart de la Villemarqué, el cura de Concoret lo llevó a cabo con éxito en 1835, cuando la región sufría una terrible sequía. Y en la primera mitad del siglo XX, el druida Edmon Coarer-Kalondan llegó al resultado deseado con un ritual provocado en unas circunstancias similares.

Recordemos que en la epopeya de los tuatha de Danann los guerreros heridos o moribundos eran sumergidos en un pozo sagrado cuya extraordinaria agua ayudaba a recuperarse a los que estaban en peor estado. ¡El agua es reconstituyente, matricial!

El bardo Taliesin indica en sus *Tríadas*: «Me he convertido en druida en la novena ola». Así pues, el agua ocupa un lugar importante en la iniciación. El agua es el líquido en el que se desarrolla cada ser humano y pasa del estado embrionario al de bebé al cabo de un ciclo de nueve meses. Una vez acabado dicho ciclo, el niño pasa a otro elemento: el aire. Tendrá otra vida que deberá llevar del mejor modo posible en un cuerpo de carne y sangre que le servirá de vehículo en espera de otro paso. Es entonces cuando se toca el aspecto más fascinante del agua, pues representa el acceso al mundo invisible, aquel en el que descansa el rey Arturo y de donde regresará, tal como está anunciado.

En el plano espiritual, el agua es el paso obligado hacia el universo paralelo, el instrumento de los dioses y del druida de un mundo al otro. Entre los emplazamientos más famosos, puertas del otro universo, cabe recordar la bahía de Trépassés. Allí, la Bag ar Noz, barca de la noche, pilotada por el primer difunto del año, transportaba a los muertos desde nuestras orillas hacia las orillas más serenas del Otro Mundo, hacia Avalón, la isla de las manzanas.

En la tierra, Ankou, guiado por un barquero, recorría en su barca ríos y pantanos, en busca de nuevas almas que transportar. En realidad, los auténticos barqueros, los que se encargaban de trasladar a animales y personas de una orilla a otra, eran considerados a menudo brujos por sus contemporáneos, por ejemplo en el valle del Trieux. Anatole Le Braz ha recogido notables cuentos sobre el tema, que demuestran la persistente fascinación de los bretones, y de forma más general de los celtas, por todo lo que se refiere a la muerte y el agua asociadas.

Por eso a nuestros marinos, además del reconocimiento debido a su difícil trabajo, se les tiene mucho respeto, pues sólo ellos se acercan a los dominios reservados a los muertos, con el riesgo, a veces, de cargar las embarcaciones con una macabra pesca, la de los marinos perdidos y ahogados, en busca de cuerpos hormigueantes de vida, ellos, que están privados de esas sensaciones en el océano aullante y helado.

El druida actúa en función de los estados de ánimo de los dioses, a veces demasiado maniqueos. Este hombre sabio por definición y por función reza de forma prioritaria a los dioses aptos para crear una armonía, una atmósfera de paz y equilibrio, ya que está en perpetua búsqueda del equilibrio entre todas las fuerzas antagonistas. Sin embargo, ello no impide los periodos conflictivos...

Esto explica por qué la iniciación de los druidas es larga, muy larga, y selectiva. La selección se lleva a cabo a lo largo de todo el aprendizaje, desde el novicio hasta el druida «acabado», que domina su técnica. En realidad, las oraciones y los ritos amplifican las predisposiciones naturales (¿o sobrenaturales?) de las diosas y los dioses, a veces con trágicas consecuencias. Por eso la moral del druida debe ser intachable.

Como por efecto de un espejo, en las epopeyas antiguas el mundo de los dioses es similar al de los seres humanos. En consecuencia, las acciones de los dioses tienen repercusiones en el mundo de los seres humanos. Los dos universos evolucionan en paralelo, de forma concomitante, y el druida, como buen médium, interviene en cada uno de ellos para preservar la estabilidad, preocupado por la constante mejora de los seres humanos en el respeto de la ética, una tarea que no es fácil... ¡porque hombres y dioses son variables!

Es grande la responsabilidad del druida, cuya función tiene una gran importancia.

EL OTRO MUNDO, EL *SID*, AVALÓN, *TIR-NA-NOG*...

La mitología celta evoca numerosos relatos de universos extraños situados justo al lado del nuestro. Paraíso, Infierno, Purgatorio..., tales son para los cristianos estos espacios invisibles. Para los celtas, la noción de Paraíso, por ejemplo, no es exactamente la misma, y la del Infierno tampoco. Y, al margen de los difuntos y los dioses, sólo los druidas pueden acceder a estas misteriosas regiones.

El *Sid*, término que significa «paz», es una de las regiones del Otro Mundo. También recibe el nombre de Avalón, la Tierra de los Jóvenes. Suele situarse en el extremo norte del océano, tierra antigua de los dioses. Estos permanecen allí a veces en compañía de criaturas mágicas, pero también de hombres, mujeres y héroes valerosos y llenos de mérito, que ganan estas orillas mediante un pontón guiado por hadas, sacerdotisas o un barquero siniestro y silencioso. *Bag-Noz*, el barco de la noche, y el Ankou, su malvado barquero, son encuentros de siniestro presagio. Toda persona que se cruce con ellos alcanzará sin duda el *Tir-Na-Nog* en pocos días.

El Ankou es el jefe indiscutible de los barqueros. Por sí solo, en su barco que tambalea o en su carreta bamboleante, recoge numerosas almas en la región bretona. Bien mirado, ¿no es su barca una especie de ataúd?

En todas las antiguas creencias, el símbolo de la barca de los muertos resulta omnipresente. En las más recientes, es sucedida por el arca de Noé, para la supervivencia de las especies, pero también y sobre todo para dirigirse a otro mundo protegido de la intemperie, en definitiva, para dar la vida a las almas en pena.

Recomiendo al lector que asista una tarde de tempestad, en pleno invierno, al terrible espectáculo del océano desencadenado en la bahía de Trépassés (Difuntos), en Plogoff, cerca de Douarnenez. Se sitúa allí el universo de los *anaons*, las almas de los desaparecidos. Azotado por el viento y las salpicaduras de las olas, embriagado por el yodo, ensordecido por los aullidos de los muertos, el lector tendrá así una idea de la frontera que no debe cruzar para no alcanzar ese Otro Mundo que será un día ¡el suyo!

En ese lugar sereno y agradable del *Tir-Na-Nog*, el tiempo constituye una noción inexistente, algo completamente inconcebible para el mortal. Se trata de una realidad muy distinta, con sus leyes y sus reglas, donde el bien y el mal se diluyen. Los héroes acuden allí a buscar armas fabulosas, dotadas de grandes poderes, y los druidas, a perfeccionar su iniciación.

La isla de los manzanos es un lugar extraño, donde duerme Arturo; llegó moribundo y espera renacer a la vida para servir a los pueblos celtas. La alegoría demuestra la realidad de la vida después de la muerte, postulado inquebrantable entre los celtas.

Avalón es el arquetipo del jardín de las Hespérides, donde se cogen manzanas de oro, el fruto que simboliza la sabiduría y el conocimiento druídico.

Bajo un manzano Merlín imparte sus enseñanzas. Uno de los frutos de este árbol sagrado, el de la sabiduría, permite atraer a los mortales hacia las orillas de la isla misteriosa. Es lo que le ocurrió a Conlé Caem, hijo del rey de Tara.

CRUZ CÉLTICA

Los sacerdotes celtas consideran que el universo vive y se desarrolla según un ritmo ternario. La «tri-unidad» a la que dieron origen se impone en su cosmogonía. El triskelo bretón es un magnífico símbolo de esta concepción, cuya esencia es la cruz céltica.

El simbolismo ternario apareció verdaderamente con esta civilización, mucho antes que con la filosofía cristiana. Encontramos estos tres planos, entre otros, en el seno de la clase sacerdotal, que incluye a los druidas, a los ovatos y a los bardos.

La cruz céltica representa los tres universos del mundo celta, con sus círculos concéntricos llamados Abred, Gwenved y Keugant, o sea, el mundo infernal, el mundo terrestre y el mundo invisible. Estos círculos son la reunión de la tierra y el cielo. Esta cruz tan específica puede considerarse, con razón, la síntesis del pensamiento druídico, y el mensaje que transmite se resume en pocas ideas fundamentales: la materia sólo existe para el soporte temporal del alma que, al alcanzar el fin último y grandioso de su evolución, accede a Gwenved, el mundo blanco. Antes, recorre todos los estadios de la creación. Es la metempsicosis, que, según los druidas, es más una cuestión de metamorfosis que de reencarnación. Además, como el universo es vasto, ilimitado, el alma no sólo emigra a nuestro planeta azul.

No obstante, antes de llegar al círculo de Gwenved, ¡cuántas pruebas y regresiones posibles hay! El alma debe llegar forzosamente al círculo del mundo blanco, del mundo sagrado. Su avance se ve frenado por las torturas contradictorias del cuerpo y del espíritu en el seno del círculo de Abred, si el cumplimiento de los tres principios enunciados en la 63.ª tríada no es total, a saber: evitar el orgullo, la crueldad y la mentira. Es bien sabido que el ser humano se regodea con una complacencia que le hace culpable en estos tres pecados, recorriendo así con deleite el círculo de Abred y frenando su evolución.

El círculo divino de Keugant, el mundo invisible, engloba el universo y, por lo tanto, los dos círculos anteriores. Fuera de Keugant no existe nada, salvo el principio creador, Dios, ¡cuyo nombre no se pronuncia! Ello demuestra que, en realidad, tras un aparente politeísmo, se oculta un auténtico monoteísmo. Los druidas reconocen al Creador, ¡Uno y omnisciente y principio universal!

Como es natural, la cruz céltica que resume esta organización no está compuesta al azar, sino que responde a unos criterios muy concretos, a una geometría (término que significa «la medida de la Tierra») buscada. Para aclarar este tema, presentamos un fragmento de la notable novela de Henri Vincenot:[13]

> El maestro acababa de sacar su escuadra y su compás. Trazó en el polvo del camino tres circunferencias concéntricas, cada una de las cuales tenía un diámetro triple respecto al anterior:
> —El primer círculo, el más grande, de diámetro 81, es el círculo de Keugant —dice—. Es el caos en el que sólo existe Dios. ¡Bueno! Es

13. *Les Étoiles de Compostelle*, Éditions Folio/Gallimard, n.º 1876.

de Keugant de donde el dios único hace salir las almas, almas que pasan entonces al segundo círculo, que es el de Abred, de diámetro 27. Es el círculo de la vida terrestre, donde las almas viven su destino entre el bien y el mal, y entonces, según lo que hayan elegido, regresarán al primer círculo de la nada, el de Keugant, o bien se elevarán al tercer círculo de Gwenved, de diámetro 9, el del ascenso supremo junto a Dios. Es la victoria definitiva sobre la bestialidad y las tentaciones encontradas en Abred.

Tras este magnífico resumen de lo que es la cruz céltica, falta añadir que, sobre estas bases ineludibles, se esculpen sobre madera o granito unas variantes artísticas de lazos más o menos sofisticados. Aunque resultan muy poco frecuentes en la Bretaña armoricana, son numerosas en Irlanda, donde cubren el paisaje de notas arcaicas llenas de encanto.

EL ANAON

Toda la cosmogonía de los druidas se basa en la persistencia, más allá del tiempo y del espacio, del alma en perpetua transformación, hasta la última, su liberación de los ciclos que la llevan de un círculo a otro de la cruz céltica, hasta su total cumplimiento. Entonces la crisálida se convierte en mariposa. La acumulación de experiencias, las metamorfosis, las transformaciones y las múltiples encarnaciones enriquecen al alma en su largo y sinuoso camino de evolución. Los difuntos nunca están en relación con los vivos, al margen de los druidas. No obstante, una vez al año, con ocasión de la fiesta de Samain (el primer día del mes de noviembre, Miz Du, el mes negro para Bretaña), la ceremonia permite a las almas regresar hacia sus lugares familiares, volver a ver a sus seres queridos.

Bretaña siempre ha establecido unos vínculos privilegiados con la muerte y el más allá, debido a su situación geográfica, en los confines de las tierras, al borde de horizontes desconocidos y forzosamente misteriosos.

En la Armórica, el pueblo de los anaones se aparece a los vivos al día siguiente de la fiesta de Todos los Santos. *Anaon* contiene *Ana*, Dana, nombre de la diosa madre, la que da la vida y hacia la que toda criatura regresa en su momento.

Una vez efectuado este ciclo espacio-temporal, el alma participa de la divinidad, la alimenta, es una parcela de la misma.

Dentro de las etapas de su evolución, en cada re-nacimiento, el individuo tiene el deber de re-activar su parte divina, de reanimarla. Hermes Trismegisto no dice otra cosa al afirmar: «Lo que está abajo es como lo que está arriba». Aún más tarde, Cristo no dirá lo mismo al declarar: «He dicho que sois dioses».

El alma es, con el cuerpo, uno de los componentes del individuo. Existe una dualidad indiscutible, puesto que evolucionan en universos distintos. De forma alternativa, ocupan el primer plano: el cuerpo durante el estado de vigilia, el alma durante el sueño.

SUEÑO Y ENSOÑACIÓN, LOS HITOS DE LA «PEQUEÑA MUERTE»

Una vez más, hay que reconocer que las sociedades antiguas tenían un verdadero conocimiento de los elementos fundamentales de nuestra existencia. Por este motivo, las almas iluminadas de aquellos tiempos remotos tenían una consideración muy particular por el sueño, que en muchos aspectos puede asimilarse precisamente a una «pequeña muerte», como un síncope, por ejemplo.

A través del sueño también se vuelven a representar las fases de la creación humana. Desde los primeros síntomas del adormecimiento, numerosas personas adoptan de forma sistemática la posición fetal, como si en esta simulación de muerte se representase también un re-nacimiento.

El sueño es un extraordinario viaje por el tiempo en sentido inverso a la cronología normal, y esto es relevante porque la importancia de la palabra *soñar* resultará pronto evidente. Durante ese periodo, más o menos largo, en el que duerme, el individuo pierde todas sus nociones básicas, ¡entre ellas la del tiempo! En este aspecto, el ser que entra en el sueño se sitúa al nivel de evolución de un niño o de un ser primitivo. En este contexto, las palabras de Cristo adquieren verdadero sentido cuando dice: «Si no os volvéis como niños, no entraréis en el reino de los cielos...».

Siempre se ha considerado que el sueño contiene una de las claves de acceso a todos los misterios de la creación y a todas las respuestas a las preguntas que el hombre se formula, en particular a propósito de la búsqueda de la inmortalidad, noción sobrenatural que el sueño no está lejos de alcanzar a veces, o a propósito de la vida después de la muerte. Son estos temas recurrentes en muchos cuentos y leyendas, como *La Bella durmiente del bosque* o *Blancanieves y los siete enanitos*.

En el momento de dormir, el individuo se halla en condiciones similares a las que eran las suyas antes de nacer: está en un universo negro, cálido, como en ingravidez, los ruidos están atenuados, sus actividades generales son vegetativas. El ser re-nace al revés; de ahí el efecto de espejo ya evocado.

Quien duerme pasa por fases alternativas de sueño lento y de sueño paradójico, hasta alcanzar un número de cinco o seis durante la noche. ¡El individuo efectúa un verdadero recorrido iniciático cada noche! En realidad, el sueño paradójico es la puerta de acceso al mundo onírico. En otros tiempos remotos, Job decía (33, 14-15): «Dios habla de una forma y luego de otra, sin que se preste atención. A través de los sueños, a través de las visiones nocturnas, cuando el torpor se abate sobre los seres humanos y están dormidos en su lecho [...]».

¡Es indiscutible! Nos hallamos dormidos, en estado de receptividad y, por lo tanto, somos capaces de recibir información divina. También se dice que el mundo onírico es para nosotros fuente de una información que debemos explorar. Cada noche partimos hacia ese otro lugar que es la primera etapa del más allá. Así, cada vez que dormimos realizamos el aprendizaje de lo que será nuestra vida después de la muerte. Durante la mitad de nuestro tiempo pasado en la Tierra, viajamos alternativamente de nuestro mundo concreto al otro virtual, que será un día nuestra realidad. Todos vivimos una doble vida y emprendemos ese camino iniciático de la «vida al revés», que se asemeja a nuestro fin dentro de esta dimensión.

El sueño es una formidable máquina para explorar el más allá. Su función se designa plenamente con un movimiento *alter-nativo*, de un mundo al otro. *Alter-nativo*, ¿nos damos cuenta del sentido de estas dos palabras? ¡Nacimiento a través del otro!

Estrechos vínculos unen la muerte y el sueño; los límites definitivos pueden cruzarse de forma suave e irreversible. A través del sueño, nos preparamos seguramente para entrar en un universo que será el nuestro, más tarde...

Así pues, morir es la salida invariable e ineludible para cada uno de nosotros. No hay que temer la muerte, pero tampoco hay que buscarla, ni provocarla. Forma parte de la vida, como el nacimiento. Es una última etapa para nuestro cuerpo, pero el alma prosigue su camino y el individuo su evolución.

Por lo tanto, el cuerpo debe morir; es el único elemento de nuestra persona que está destinado a alimentar la tierra que asegura la subsistencia. Morir viene de *morire*, hacer *hum*us que favorecerá la vida de otros *hum*anos. Los papeles, las funciones están perfectamente repartidos. No tenemos por qué rebelarnos ante esto, ni siquiera sorprendernos.

Es un ciclo que se sitúa en el más puro respeto de las leyes naturales, y la naturaleza o Dios no hacen nada desconcertante. Desde el punto de vista cabalístico, la tierra = 79 y la muerte = 79. Por eso debemos dar los tres últimos pasos que separan un mundo del otro. Traspaso = 79.

La muerte no es sino un paso sabio en nuestra evolución. Los celtas lo sabían y no sentían ningún temor, no tenían ningún tabú al respecto. La vida, la muerte, el Otro Mundo sirven, en definitiva, a la vida, puesto que cada uno contribuirá a alimentar al Dios Creador, será una ínfima parcela de él, indiscutiblemente, pero una parcela importante. Para los druidas, la reencarnación es una evidencia, por no decir una certeza. En esto tampoco se oponían a Cristo, que aseguraba (Juan 14, 2-3): «En el reino de mi Padre, hay muchas moradas». Ello equivale a decir que la pluralidad de mundos habitados era para ellos algo adquirido. En efecto, hay que reconocer que sus dioses tenían orígenes evocadores a veces de otros mundos. En este contexto, ¿por qué no habían de aceptar el postulado de la reencarnación del alma en otro cuerpo y en otro mundo? Así, la transmigración es una realidad cosmogónica.

Hay que reconocer que las religiones se muestran poco claras al respecto, por lo que se ofrecen a los buscadores todos los caminos para ir a la deriva. Los fines de la reencarnación sirven sobre todo a la Creación, desde luego no al individuo, que no puede obtener de ella un beneficio inmediato y consciente. Por lo tanto, es una estupidez negar la reencarnación, que debería llevar a la humanidad hacia lo mejor, con el pretexto de que está lejos de ser una realidad.

Y es que, tal como hemos visto en el apartado dedicado al grial, el Ser original está cortado, separado, por lo que no resulta serio pensar que el reencarnado puede cambiar de polaridad y, por lo tanto, de sexo. Hasta la re-unión, las almas separadas se reencarnan en otros cuerpos de similar polaridad. ¡Y ello desde que los ángeles-humanos caídos se hicieron culpables!

Encarnación, reencarnación y metamorfosis hasta que los separados vuelvan a formar el uno, el ser andrógino de los primeros tiempos. Entonces podrán integrarse a lo divino. Esta es, para los druidas, la concepción del lugar del alma en el seno del universo creativo y recreativo.

En los *Rannou*,[14] las tríadas druídicas que sirven a la enseñanza de la filosofía de los druidas, podemos leer al principio de este intercambio entre el druida y el niño:

El druida: Guapo, guapo hijo del druida; respóndeme, guapo, ¿qué quieres que te cante?
El niño: Cántame la serie del número uno, hasta que la aprenda hoy.
El druida: No hay serie para el número uno: la Necesidad única, el Fallecimiento, padre del Dolor; nada antes, nada más. Guapo, guapo hijo del druida; respóndeme, ¿qué quieres que cante? [...]

Esta enseñanza oral, mnemotécnica, conforme a la tradición más antigua, contiene temas filosóficos y cosmogónicos de la más alta iniciación. Desde los primeros versos, se aborda el tema de la muerte, de la Creación, de la fuerza del Verbo, de la divinidad única e indivisible, entre otros. La continuación de los *Rannou* compone una fantástica enseñanza.

En la España profunda, esa que el turista ignora y descubre, a veces, con ocasión de una avería mecánica que le obliga a salir de la autopista, no hay un ensalmador, una curandera o un brujo que no reciba su saber de cortos versos con nombres y posologías de hierbas medicinales, añadidos a algunas oraciones y fórmulas adecuadas, que les dan un verdadero poder sobre la materia. Este don, como ellos lo llaman, les viene por transmisión oral, por herencia, de padre a hijo, de madre a hija.

Esta forma alterada de la transmisión y del saber de los druidas continúa en vigor, lejos de las facultades y de los controladores de Hacienda y de la Seguridad Social. Entre recetas paganas y oraciones cristianas, la unión de géneros suele dar casi siempre grandes resultados.

Periplos sagrados y conocimiento

El saber de los druidas también se enseñaba en las rutas. Los viejos caminos sagrados, las rutas celestes y telúricas convertidas en peregrina-

---

14. *Le Barzaz Breizh*, Théodore Hersart de la Villemarqué, Éditions du Layeur, 1999. Obra acompañada de un CD de cantos por Yann-Fanch Kemener y la Maîtrise de Bretagne. Estos cantos bárdicos fueron recogidos por el autor en contacto con las poblaciones de Bretaña en el siglo XIX.

ciones turístico-culturales, procedían de una sabia unión entre el ritmo del paso del hombre y las poesías de contenido maravilloso.

El más conocido de estos trayectos consagrados es, por supuesto, el camino hacia Santiago de Compostela. Esta ruta es, sin duda, uno de los trayectos más misteriosos que los seres humanos han recorrido desde la noche de los tiempos.

De las tribus errantes a los celtas sedentarizados, el Camino de Santiago ha sido un periplo iniciático para los hombres. Antaño, en el glorioso tiempo de los camaradas, este camino formaba parte de la enseñanza. Un buen compañero debía realizar el trayecto, en el que recibía una enseñanza sagrada y secreta que los maestros impartían con ejemplos concretos. La ruta convergía hacia un saber reservado a los verdaderos caballeros del buen trabajo. En la Antigüedad se conocía ya este excepcional camino, pero surgió un verdadero entusiasmo con la leyenda cristiana de Santiago.

Santiago el Mayor predica el Evangelio allá por donde pasa. Al volver de Judea, Herodes Agripa le hace decapitar el 8.º día de las calendas de abril. Sus discípulos roban el cuerpo, lo meten en una barca y embarcan en un largo viaje a la deriva. El día 8, día de las calendas de agosto, la tripulación atraca en las costas de Galicia, en el cabo Finisterre, entre Vigo y La Coruña. Agotados, desembarcan el cuerpo de Santiago, ¡cuyo estado podemos imaginar después de una navegación tan larga y precaria! Lo colocan sobre una larga piedra que de inmediato se ahueca y adquiere la forma de un sarcófago. En ese momento cae la última estrella de la Vía Láctea sobre esta tumba improvisada. Así, desde esa fecha, según la Iglesia, los hombres han seguido el camino de las estrellas que conducen a este extremo occidental de nuestro continente.

Desde ese momento mágico, los compañeros convertidos en maestros se llaman «Santiago». Fueron ellos quienes, enriquecidos por un saber inédito, levantaron hacia el cielo las maravillosas naves de piedra que son las catedrales góticas, desafíos permanentes de las leyes del equilibrio. Esas naves sagradas son algo más que lugares de oración, son instrumentos vibratorios dedicados a la regeneración de la especie humana.

Algunas de estas catedrales, receptoras y emisoras de ondas sutiles y vivificantes procedentes del suelo o del espacio, escaparon «milagrosamente» a los bombardeos norteamericanos durante la segunda guerra mundial. No crean que fue por voluntad de evitarlo; la guerra «quirúrgica» no existía y, por otra parte, ya hemos comprobado su eficacia en Irak, donde la cirugía sólo se practicaba... en los hospitales.

¡No! Aquellas Notre-Dame tenían aún en esa época una resonancia increíble capaz de muchos milagros. El hombre que pasaba por debajo de la bóveda gótica de aquellas catedrales salía transformado, hechizado de verdad. Nos asalta un vértigo incontrolable cuando, por casualidad, podemos beneficiarnos aún de las cargas de esos monumentos hoy en día alterados por el desplazamiento inepto del altar, la electrificación y la sonorización del edificio, la calefacción y otros elementos de confort. ¿Una catedral es una sala de espectáculos? Ante este vandalismo, me siento aterrado, espantado por la incuria de quienes tienen la carga y el uso de esas maravillas que ninguna empresa moderna lograría construir.

Ya he tenido ocasión de tratar este tema en distintas obras,[15] por lo que no me extenderé, pero, antes de pasar a los caminos sagrados de Bretaña, he de decir aún que la realización de este periplo sagrado destinado a Santiago de Compostela es una práctica que ha vuelto a ponerse de moda. Aunque el fenómeno de moda es discutible, la actitud real, sincera y profunda de algunos «peregrinos» revela una imperiosa necesidad de reproducir la actitud de los antiguos, que tomaban la ruta por razones diversas, imitando a su vez la peregrinación de los orígenes, la que llevaba al hombre tras las huellas de sus dioses primordiales, los que vinieron del final del camino de las estrellas.

El trayecto, largo y doloroso, es una búsqueda comparable a la del grial. En el Camino de Santiago, cada cual encuentra lo que va a buscar, cada cual se reconstruye.

Les ofrezco las últimas líneas de la obra de mi amiga Béatrice Angèle,[16] que contra viento y marea recorrió el camino en compañía de su yegua *Gladys*:

> Construimos este edificio para nosotros mismos. Para guardar y embellecer este monumento interior, mostrémonos humildes ante la eternidad.
>
> El orgullo puede derribar el edificio, como la bomba atómica aniquilar una parte del planeta.
>
> El universo está en perpetuo movimiento.
>
> Todo es «impermanencia» [...]

---

15. Véase *Los templarios*, Editorial De Vecchi, Barcelona, 2001.
16. Béatrice Angèle, *800.000 foulées pour Compostelle. Une jument et une fille à Santiago*, Éditions du Vieux Crayon, 2001. En Internet: www.beatriceangel.com.

Ella ha encontrado la respuesta a su pregunta. Ha ganado su grial, allí, ¡al final del campo de las estrellas!

En Bretaña...

Todos los puntos extremos de Europa son lugares sagrados. Bretaña y su Finistère no escapan a esta regla de los orígenes del mundo y de los gérmenes de la civilización celta. La península armoricana también es el escenario de un camino sagrado que algunos no dudan en comparar con el Camino de Santiago. En efecto, cada año se desarrolla la pequeña tromenia y, cada seis años, la gran tromenia en las tierras de una pequeña ciudad de Bretaña, Locronan.

¿Qué es la tromenia? Para muchos este nombre vendría del bretón *tro menez*, es decir, la «vuelta a la montaña». Existen otras explicaciones, pero se ajustan muy poco a la verdad como para mencionarlas.

Había tromenias en otros municipios, por ejemplo, en Saint-Pol-de-Léon o Quimper, pero es la de Locronan la que atrae a las multitudes y a los medios de comunicación (incluso las cadenas de televisión japonesas se desplazan cada seis años para relatar el acontecimiento a su público).

Las tromenias son peregrinaciones marcadas por distintas etapas, estaciones fundamentales que acompasan el avance de los devotos por este sendero sagrado, antaño utilizado por San Ronán, el patrón de la población (Locronan es un *Locus Ronan*).

Las ceremonias se desarrollan a partir del segundo domingo de julio, acaban el domingo siguiente y están marcadas, sobre todo, por largas y penosas marchas por el campo circundante. La pequeña tromenia tiene unos cinco kilómetros de longitud y la gran tromenia, un poco más del doble.

Hay que asistir a este espectáculo lleno de color en el que, detrás del sacerdote, los fieles y los portadores de mangas, seguidos de los demás peregrinos, se encaminan despacio por el solemne trayecto. La tradición afirma que una sola tromenia efectuada asegura un lugar en el Paraíso. Sin embargo, lo sobrenatural se une a lo místico, pues si un bretón no efectúa en vida al menos una sola tromenia, quedará condenado a efectuarla como difunto, progresando por el camino cada día sólo la longitud de su ataúd. ¡Terrible maldición!

Toda una pléyade de santos marcan las diferentes etapas, un verdadero desfile politeísta, puesto que cada santo o santa está cargado de poderes comparables a los que poseían antaño los dioses celtas.

La marcha se desarrolla por antiguos trayectos, en uso desde la noche de los tiempos. En efecto, no hay que hacerse ilusiones sobre el aspecto cristiano de estas peregrinaciones, que, como la de Galicia, deben su existencia a un pasado un poco pagano. Las fuentes sagradas a las que están unidos personajes cristianos no dejan de ser fuentes ante todo célticas, muy apreciadas por la casta sacerdotal de los druidas.

A pesar del aspecto tal vez demasiado folclórico que resulta más visible, estos ritos corresponden perfectamente al alma y al misterio de los bretones, y Locronan constituye una tierra sagrada aún vigente en este tercer milenio tras el nacimiento de Cristo.

Pero las tromenias no son las únicas manifestaciones de este tipo, en que el humilde paso del ser humano y la búsqueda espiritual constituyen los valores exigidos.

El *tro Breizh*, vuelta a Bretaña, es otra peregrinación que se desarrolla en una distancia de quinientos veinticinco kilómetros. Su expansión data del siglo XII y duró hasta el siglo XVI. Olvidado, el *tro Beizh* renace de sus cenizas, como la peregrinación hacia Santiago de Compostela. El ritual de avance se lleva a cabo sobre los adoquines de las antiguas vías romanas que son, en definitiva, antiguas vías celtas reparadas por el ocupante. Las etapas esenciales están marcadas por los siete obispados originales de Bretaña, fundadores de la misma, como suele decirse: Quimper y San Corentin, Vannes y San Paterne, Dol y San Sansón, Saint-Malo y su santo patrono, Saint-Brieuc y San Brieg, Tréguier y San Tugdual, y por último Saint-Pol-de-Léon y San Pol Aureliano.

Cabe destacar que ni la región de Rennes ni la de Nantes figuran en este recorrido, lo que equivale a decir que no toda la Bretaña está cubierta por estos periplos sagrados.

La Pascua, Pentecostés, San Miguel y Navidad son los periodos recomendados para la realización de este periplo, que puede iniciarse en cualquier ciudad.

La actual «moda» del *tro Breizh* es, primordialmente, una iniciativa turística y cultural donde la fe pasa a un segundo plano. No obstante, permanece subyacente y cabe esperar una nueva dimensión para este camino que experimentará un éxito creciente, motivado por personas en plena búsqueda espiritual, a las que las tromenias o el *tro Breizh* inspiran más cada año.

Hay que decir que todos estos recorridos iniciáticos, en el sentido noble de la palabra, derivan de una herencia lejana, del tiempo en que los dioses lanzaban a los caminos telúricos hordas errantes.

LA PEREGRINACIÓN MÁS ANTIGUA A LOMOS DE LA SIERPE CELTA

En Carnac, tierra extraña de enigmáticos menhires, el culto de San Miguel halló su lugar en una pequeña montaña sagrada, hecha por la mano del hombre. El túmulo Saint-Michel hace en este caso las veces de monte sagrado. Sin embargo, al fin y al cabo, un túmulo bien debía tener alguna utilidad ritual, incluso en tiempos de los antiguos.

En la región de Saint Cornély —que no oculta el antiguo culto celta del toro—, un túmulo surgió del suelo para alguna ceremonia desconocida. El túmulo es una montaña artificial, hueca, un lugar de penumbra donde las fuerzas cosmotelúricas se expresan en toda su potencia y su divinidad, y ese montículo está dedicado a San Miguel, ¡una vez más! Así, incluso la fachada atlántica expone orgullosamente su monte Saint-Michel.

Este túmulo, levantado sobre una ligera protuberancia del suelo, alcanza una altura de unos diez metros. El lugar resulta un poco sórdido, mal aprovechado y probablemente ha sido víctima de los encarnizados asaltos de turistas desaprensivos, ¡porque los hay! Una capilla poco atractiva alberga un pequeño campanario que apunta hacia el cielo; una cruz sencilla y un deteriorado mapa de orientación completan la decoración. Pero, si hacemos abstracción de todo esto, la vista general sobre Carnac y sus alrededores deja una extraña impresión. Por un lado, el océano, por el otro, landas, pinares, campanarios, algunas casas, pero, curiosamente, ningún menhir a la vista, salvo uno, que aparece en el centro de un campo, en exacta alineación con la capilla, y detrás de él, grandes campos megalíticos. En cuanto lo vemos, nos asalta la idea de una especie de balizaje sagrado, necesario para tomar referencias astronómicas. Se dice en la región que los antiguos encendían allí las hogueras de Beltan —las hogueras de Bel en bretón—, que corresponden a las cristianas hogueras de San Juan.

El misterio tiene su origen bajo nuestros pies. Unas excavaciones emprendidas en 1862 revelaron la presencia en el seno de este túmulo de piedra y tierra de dos cámaras dolménicas, catorce cofres y huesos de vaca, buey o toro. La cosa no parece tener gran interés, pero pensar así equivale a cometer un error.

El protector de Carnac es San Cornelio, al que se ve en la fachada de la iglesia con sus bueyes. ¿No es indicio de un culto pagano anterior, dedicado a estos animales astados, símbolos de otra era?

Como los demás «montes» Saint-Michel de antiguas peregrinaciones a lomos de la gran sierpe armoricana, salen unas rocas del suelo, sobre el túmulo, que habrían sido aportadas en tiempos muy lejanos y, quién sabe, tal vez precisamente con el fin de imitar las ondulaciones naturales y subterráneas de la «bestia», y captar así sus fuerzas, amplificadas y condensadas por los dólmenes ocultos.

Sea como fuere, a las ceremonias entre la penumbra del túmulo, especie de matriz primitiva, y a las hogueras de Baltan les sucedió el culto del arcángel, príncipe de las legiones celestes y de la luz divina. Otros tiempos, otras costumbres; pero, a fin de cuentas, el contacto con las energías divinas captadas en este lugar parece que era el fin perseguido.

Poco importan los medios; sólo cuentan los resultados. Una vez más, percibimos una extraña sensación al constatar que la magia sigue actuando. Este *tro Breizh* prolongado, efectuado en pleno solsticio de invierno, bajo la lluvia, con un viento intenso, no auguraba nada bueno. Sin embargo, aquí como en los otros montes Saint-Michel, se abrió el cielo, y el sol, el Gran Lug, iluminó el *mané Miguel* con sus rayos.

Locronan: entre druidas y San Ronán

Este *Locus Ronan* es el lugar donde el futuro San Ronán, ermitaño llegado de Irlanda, acudió a instalarse en el siglo VI. Los druidas entraban cada vez más en la clandestinidad y a los ermitaños se les declaró monjes. Parecía que a este pequeño municipio de mil trescientos habitantes, situado a sólo diecisiete kilómetros de Quimper, le resultaría difícil distinguirse de la capital del Finistère; sin embargo, fue así, puesto que Locronan y Rochefort-en-Terre se reparten los mayores índices de visitantes de la península armoricana. Hallamos los orígenes de esta fama en un pasado muy lejano, hace casi dos mil años. En aquella época, los sajones hacían estragos en las islas Británicas. En la Armórica, la vieja religión de los druidas perdía poco a poco su influencia entre las poblaciones. En este contexto, apareció un día un curioso ermitaño llegado de Irlanda que, probablemente, huía de las hordas sajonas. Aquel hombre se llamaba Ronán. La popularidad del irlandés aumentó en poco tiempo y de todas partes acudieron los visitantes en busca de su sabiduría, de su conocimiento y, tal vez, de sus dotes de taumaturgo. Él no pedía tanto y, para recuperar la quietud que le faltaba, se trasladó al bosque sagrado, donde permaneció. Los galos utilizaban el término *németon*, o sea, «santuario».

En aquel lugar hizo milagros, y muy pronto Keben, una mujer a quien se consideraba bruja, se opuso ferozmente a Ronán. En realidad, debía tratarse de una druidesa, muy inquieta por la competencia de aquel cantor de Cristo. Keben le provocó todas las desgracias del mundo, al menos eso afirma la leyenda, que sin duda transmite también buena parte de la propaganda de Roma. De lo que no cabe duda es de que Ronán y Keben no se apreciaban; ¡cuántas peripecias entre ellos dos! Sus perpetuas luchas contienen, en realidad, una sabia mezcla de tradiciones celta y cristiana, hasta el emplazamiento de la tumba inicial de Ronán, marcado por un evidente paganismo. En efecto, ese sitio se denomina «el lugar del cuerno», en recuerdo del incidente provocado por Keben, que golpeó a uno de los dos bueyes encargados de transportar el cuerpo de Ronán y le rompió un cuerno. Entre el culto de Mitras y el del dios cornudo, el gran Lug, las referencias son muy claras.

Como el lector ya habrá entendido, Ronán dejó importantes huellas, hasta el punto de que en nuestra época perduran algunos ritos en su memoria. Es lo que ocurre con las tromenias, la grande y la pequeña, que son romerías excepcionales, entre las más famosas de Bretaña.

EL MONTE SAINT-MICHEL-DE-BRASPARTS: ¡UNA MONTAÑA SAGRADA!

Después de Bélénos y Lug, el arcángel ocupó el emplazamiento, muy disputado al diablo. Si las fuerzas del bien y del mal se enfrentan desde siempre en este monte, sin duda debe haber alguna potencia que proteger.

A menudo, nuestra historia —la más lejana de nuestros antepasados— es desnaturalizada por los dogmáticos para que cuadre mejor en nuestros esquemas de pensamiento, en una ortodoxia conformista y tranquilizadora. No obstante, a pesar de los esfuerzos múltiples e incesantes realizados desde hace milenios, persisten rastros, indicios de otras civilizaciones, que atestiguan la realidad «pagana» de nuestros padres.

¿Acaso existe un indicio más llamativo que una montaña? Por supuesto, la Armórica no es la cordillera de los Andes. Aquí las cimas son colinas, pues la erosión ha desgastado su orgullo de antaño. Eso sí, en sus alturas el viento es cortante y el frío intenso, pero qué visiones y qué emoción se siente cuando, al llegar a la cumbre de una de ellas, se abarca con una mirada las misteriosas tierras de Bretaña. ¿El fin de la Tierra? No, este Finistère es el principio del mundo para los bretones, el *Penn ar Bed*.

Una de las cimas del Finistère es el monte Saint-Michel-de-Brasparts, *Menez Mikael* en la lengua de la región. Se descubre desde la carretera que sale de Pleyben y avanza hacia Morlaix. Es posible llegar en coche, pero es a pie como se aprecian plenamente sus encantos y se impregna uno de su misterio, ¡porque lo tiene!

Para empezar, descubrimos un paisaje magnífico, un curioso e impresionante caos de rocas y arbustos. El aspecto salvaje nos devuelve a épocas primitivas en que los hombres veneraban a dioses olvidados.

Sombra y luz, eso es el Menez Mikael. El santo en lucha contra el dragón simboliza bien estos contrastes, estas oposiciones. El arcángel Miguel domina el monte, el pantano del Infierno *(Yeun Ellez)* y sus turberas, el lago de Brénnilis bordeado por la central nuclear.

El santo ha vencido el fuego atómico que se apaga en el corazón del santuario tecnológico. Poco a poco se produce el desmantelamiento, el regreso a la landa, prueba de que la magia sigue activa. ¡Es que el lugar es sagrado! Antes del emisario cristiano y antes del uranio, el gran dios Lug irradiaba su luz. El visitante descubre en este periplo iniciático sobre las eminencias del antiguo macizo armoricano que allá donde se halla San Miguel se oculta un dios celta.

En el Menez Mikael, entre el canal de la Mancha y el Atlántico, nuestra mirada se pierde en el horizonte. Al este, otra cima acerca al hombre a los cielos. Se trata del monte Dol, otro lugar sagrado. Al sudoeste, una colina llamada Saint-Michel-en-Carnac impone su presencia al mundo visible e invisible. Las potencias se encuentran allí. La sierpe se enrosca bajo tierra y sus escamas brotan en algunos lugares. Con la lanza clavada en el cuerpo del dragón, Miguel pone en contacto las energías cósmicas.

Tras su sarta de santos, Bretaña oculta difícilmente su pasado politeísta, y en el fondo eso no es malo, porque así no perdemos del todo las señas primordiales. Bretaña es la Acrópolis de los dioses celtas.

EN PLENA TIERRA, LA COLINA SAINT-MICHEL

Esta es la más salvaje y desconocida de las montañas Saint-Michel del viejo macizo armoricano. Se sitúa a pocos kilómetros de Uzel y de Corlay y, por lo tanto, en el corazón del departamento francés de Côtes-d'Armor. Su interés es importante por su entorno geográfico y toponímico.

La colina Saint-Michel sería el sexto punto culminante del departamento con sus doscientos metros de altitud. En este emplazamiento privado, propiedad del Le Helley, se erguía con orgullo una capilla dedicada a San Miguel que fue destruida en 1790 por los revolucionarios.

Una asociación del municipio de Saint-Martin-des-Prés se ocupa del acondicionamiento del lugar y, por ejemplo, ha instalado un notable mapa de orientación que evidencia de verdad la situación privilegiada de esta colina. Desde allí arriba dominamos las tierras celtas, y algunos nombres de los alrededores suenan como ecos de un pasado del que no puede renegar el pueblo bretón.

Así, al nordeste descubrimos en este lugar excepcional el monte Bel-Air, que fue antaño un lugar de culto al dios Bel, Bélénos, el dios solar cuya fiesta se celebraba a principios de mayo con hogueras crepitantes y purificantes. Al sudoeste se hallan las Montagnes Noires; al oeste, las cimas de Kerchouan, y al norte, los montes del Méné. Una considerable reunión de eminencias, templos naturales de los antiguos druidas, iglesias a cielo abierto, cercanas a los dioses. El ambiente salvaje y aislado nos transporta verdaderamente a aquellas épocas lejanas en que los hombres invocaban a otros dioses.

Las fuerzas del cielo y de la tierra se concentraban en estas zonas concretas, y los sacerdotes de blanco, y por lo tanto sagrados, sabían captar sus energías para beneficio de su pueblo, y a veces también para la perdición de sus enemigos. En efecto, los druidas, en armonía con las fuerzas de la naturaleza, podían manipular los elementos, para bien o para mal.

Una vez más, las fuerzas telúricas están representadas en el fabuloso bestiario de los celtas, mediante la gran serpiente que vive en el subsuelo armoricano y cuya coraza emerge por placas aquí y allá, en determinados puntos, los «montes» Saint-Michel. Las escamas de la bestia adoptan la apariencia de rocas que afloran a la superficie, pero conviene tener precaución al caminar por encima. ¡Pisamos el lomo de la sierpe y Dios sabe cuál puede ser su reacción!

Con una inconsciencia increíble, algunos no dudan en grabar cosas o nombres en la piel de esta criatura. ¿Para qué posteridad? ¡Qué imprudentes! Un día el reptil gigante despertará y entonces los hombres deberán temerle, porque no se le puede desafiar así, sin cesar, con toda impunidad. Ningún San Miguel armado con lanza podrá domarlo, porque este es el símbolo del arcángel: calma y canaliza a la potente criatura, como hacían los druidas en el pasado, pero si desafía lo sagrado, la humanidad podría lamentarlo algún día. Sea como fuere, de momento la bestia duerme aún y podemos disfrutar del magnífico panorama que ofrece la colina Saint-Michel.

Si el lector realiza el ascenso en silencio, con toda humildad, estamos seguros de que tendrá el privilegio, al sentarse en el suelo, de percibir la respiración apacible de la sierpe y de captar toda la potencia de su gigante cuerpo, cuya cola se halla en la Vendée, en los escalones del macizo armoricano, en Saint-Michel-Mont-Mercure, otra etapa de nuestra sagrada peregrinación.

EL MONTE DOL: ¡SAN MIGUEL CONTRA EL DIABLO!

Es una geografía sagrada que nos guía de una cima a otra, siguiendo las huellas de los dioses perdidos, de los cultos olvidados, cuando cuatro veces al año unas hogueras iluminan las noches armoricanas durante las ceremonias paganas.

El monte Dol es una curiosidad de la naturaleza. En terreno totalmente plano, a orillas del canal de la Mancha, surge del suelo como empujado por alguna criatura de las profundidades terrestres. No es difícil encontrarlo. Para ello, hay que partir de Rennes hacia Saint-Malo y salir en dirección a Dol-de-Bretagne o al Mont-Saint-Michel. En Dol estamos a punto de llegar. Antes de llegar a la cima atravesaremos un pintoresco pueblo, Mont-Dol. A la altura de la iglesia, a su izquierda, aparece el camino de acceso al punto culminante del departamento. El ambiente del lugar es penetrante. Un castaño secular es el guardián inmutable del santuario, donde la sierpe se enrosca a su gusto y hace aflorar a la superficie las escamas de su coraza, en algunas rocas brillantes y cubiertas de musgo. La sierpe es el álter ego del dragón derrotado por San Miguel.

En el monte Dol el arcángel reina sobre toda la región, porque es también el protector de la antigua «tumba de Bélénos» *(tomba Beleni)*, antiguo nombre del gran Mont-Saint-Michel y del pequeño islote que se sitúa cerca de él. Estos lugares de peregrinación fueron modelados según la leyenda por el mítico gigante Gargantúa, famoso demiurgo de los pueblos paganos. Desde el monte Dol que domina el estuario del Couesnon descubrimos, saliendo de la bruma marina, el monte del Arcángel, extraña pirámide aislada en mitad de las aguas.

Aquí percibimos de forma particular la magia de esta geografía sagrada de la que los dioses fueron fabulosos arquitectos. Pero este hermoso logro no se obtuvo sin penas ni severas batallas. Dioses antiguos o celtas lucharon con valor contra la ferocidad megalómana del demonio. Lo que antaño era una isla, como el Mont-Saint-Michel, estaba en su tiempo ocupado por el diablo, siempre ávido de emplazamientos excepcionales. Satanás, pues de él se trata, no veía con buenos ojos la presencia de las legiones celestes en las proximidades.

Por otra parte, ¡podemos estar seguros de que el arcángel dedicaba la misma atención al dios cornudo! Así, el enfrentamiento era inevitable. El demonio, acomodado en su asiento de piedra, que aún puede observarse en el monte Dol, debió ver cómo caía sobre él Miguel con su santa lanza. Entonces se entabló una terrible lucha. ¡La roca conserva las huellas indelebles de las garras que el diablo grabó profundamente en su huida! La leyenda es el probable reflejo de otra realidad, la de la «conquista» del emplazamiento por parte de los emisarios de la religión de Cristo, vencedores sobre los cultos druídicos.

Numerosos indicios demuestran, sin ninguna duda, la pasada existencia de estos cultos celtas: cultos solares, cultos del toro, culto del gigante, de la diosa madre... Todo está allí, hasta la fuente sagrada, siempre bien presente, aunque hoy en día ha quedado aprisionada en un depósito. La diosa madre se ha sustituido por la Madre de Jesucristo. Notre-Dame-d'Espérance «reina» en la cima de una torre, desde donde tiene una maravillosa vista de los alrededores y de la bahía del Mont-Saint-Michel.

Verdaderamente, desde lo alto de los sesenta metros aproximados del monte Dol, tenemos la facultad de volver a nuestras raíces profundas y de bañarnos en las corrientes energéticas de este monte sagrado. En ciertas condiciones, la magia sigue operando; nada se ha perdido de esta sorprendente vitalidad. Incluso en pleno invierno, bajo la lluvia, el cielo se despeja, justo el tiempo necesario para hacer unas fotos; así ocurrió una ocasión en que realizaba este periplo sagrado para una revista...

LOS CELTAS Y CELTIA
EN LA ÉPOCA MODERNA

Las novelas de la Edad Media, época bisagra para la humanidad y para la tradición celta, componen un sabio sincretismo de las enseñanzas pagana y cristiana. Cabe preguntarse por qué existía este entusiasmo por la materia celta con olor a azufre, cuando la Santa Inquisición creada por y para los dominicos había instaurado el terror en toda Europa. Podemos creer que unos individuos lúcidos e inteligentes, no necesariamente alejados del seno de la Iglesia, reconocieron la imperiosa necesidad de preservar el saber y el conocimiento celtas, que en el fondo no estaban en contradicción con el cristianismo original.

Así pues, las materias celta y bretona inspiraron a los intelectuales de aquellos tiempos confusos, y las transmitieron hasta nosotros. Sin sus obras, cabe preguntarse qué habría quedado de esta tradición al extinguirse las piras que consumieron todas las herejías y a los herejes, de los cátaros a los templarios, sin olvidar a algunos druidas y druidesas, calificados sin vergüenza de brujos, magos y otros satélites de Satanás.

En toda esta tradición oral irlandesa, bretona y galesa, a través de las Cuatro Ramas del *Mabinogi* y las salvas poéticas de los Filli, los textos medievales hallaron alimento para su prosa.

Pero todos estos valiosos datos provenían de un fondo popular, que aseguraba una perennidad a la cultura celta que, sin duda, no quería desaparecer. El *Barzaz Breizh*, más tarde, tomaría el relevo para los oídos de un público más amplio, pero en los campos que estaban más retirados los ritos celtas, las costumbres y las creencias no habían desaparecido; simplemente había que ir a su encuentro.

En esta inmensa obra de protección de un saber condenado al olvido, la intensa labor de los bardos, Filli, discípulos o no de obediencia druídica, es absolutamente notable y fenomenal. Gracias a ellos, la tradición sigue enseñándose, está viva y la gran historia de los celtas no ha llegado aún a su término.

Por último, la onomástica, la geografía y el fondo histórico-legendario nos unen, a través de los milenios, a nuestros lejanos antepasados. No difundamos la falacia de que somos latinos.

NUEVOS BARDOS

A veces sentiríamos la tentación de creer que los celtas, su carácter específico y bien templado, y sus relaciones privilegiadas con el Otro Mundo y lo sobrenatural, ya no están de actualidad, sino recluidos en algunas piezas de museos oscuros y olvidados. ¡Nada de eso! Los celtas están muy vivos y asumen la vida contemporánea, no sin aportarle unas notas particulares que los hacen reconocibles entre todos.

Ante todo la cultura celta propaga sus particularidades con grandeza. Una larga tradición de poetas, oradores y narradores ha perpetuado hasta la actualidad el saber de su pueblo.

En la región de Pipriac dicen que la imprenta fue invención de Jean Brûleloup, llamado Jean Brito, nacido en 1417. Es más probable que este invento naciese de forma simultánea en varios lugares, como ocurre con todas las grandes ideas humanas en marcha, captadas en diferentes lugares y aplicadas con algunas variaciones. Entonces ¿Gutenberg o Jean Brito? Lo que importa es saber que los libros también le deben mucho a este tipógrafo bretón.

Entre los autores bretones, quiero destacar algunos a los que debemos mucho, empezando por Théodore Hersart de la Villemarqué, lo que no impide que antes y después de él otros autores de renombre efectuasen una labor indiscutible. Villemarqué nació en Quimperlé en 1815. Muy pronto recogió del corazón de las zonas rurales, visitando a priores, poseedores de viejos saberes, de antiguos cantos, de antiguas poesías, toda una suma de textos que reuniría en un volumen, el *Barzaz Breizh*, antología en dos tomos de cantos populares de Bretaña, editada por primera vez en 1839.

Su trabajo, que experimentó un enorme éxito popular al editarse, no tardó en ser objeto de controversias. Por ejemplo, Luzel expresó dudas sobre la autenticidad de los cantos. Unas notas tomadas por Villemarqué, encontradas por Donatien Laurent en 1964, pusieron fin a la polémica. Es cierto que los cantos recogidos fueron arreglados por el autor, cosa que, por otra parte, él no ocultó, pero son reales.

Los cantos reunidos por Villemarqué forman un precioso archivo popular que, sin su intervención, hubiese acabado en el olvido. Son la prueba de una supervivencia, de una transmisión bárdica y druídica que aún estaba de actualidad en los siglos XVIII y XIX, no sólo en Gales, gracias a las reuniones bárdicas conocidas con el nombre de *eisteddfodau*, sino también en los campos armoricanos, donde los campesinos eran depositarios involuntarios de esos extraordinarios conocimientos que aplicaban en su vida cotidiana, de forma empírica. Se trata de un verdadero tesoro que Théodore Hersart de la Villemarqué preservó y nos legó. Por ello, forma parte de la gran estirpe de los bardos del origen, garantes de la tradición.

No podemos olvidar a Chateaubriand, Lamenais, Renan, Villiers de l'Isle-Adam, el genial «profeta», Souvestre, Féval, el genial Julio Verne, Anatole Le Bras, el inspirado, Sébillot, Pître-Chevalier, el padre Guillotin de Courson, etc. Los siglos XIX y XX han sido muy ricos.

Y no podemos omitir a Pierre Jakez Hélias, autor militante, testigo de una vida campesina bretona casi olvidada. Su *Cheval d'orgueil* (1973), editado en varios idiomas y adaptado al cine, es un monumento. Este defensor empedernido de la lengua bretona fue profesor de latín, griego y francés..., en definitiva, de todo lo que se oponía a su cultura. Eso demuestra la grandeza del *Awen* de los celtas, su grandeza de alma y de corazón.

Jean Markale, Gwenc'hlan Le Scouëzec, Yann Brékilien y Xavier Grall han sido otros hábiles transmisores de este patrimonio típico a los que también debemos mucho, así como a Eugène Cogrel y Albert Poulain, que han recogido y promovido las tradiciones del País Galo, región este de Bretaña donde se habla la otra lengua de la península, el galo.

En cuanto a la lengua y la poesía bretonas, no olvidemos a la campesina de Trégor, Anjela Duval, cuya antología *Kan an Douar*, el Canto de la Tierra, publicado en 1973, sigue siendo uno de los mayores éxitos de venta en lengua bretona.

Que no se me reproche haber olvidado a nadie en mi lista. No pretendo redactar una enciclopedia de escritores bretones, sino reivindicar la labor de aquellos que han trabajado para transmitir el conocimiento, la cultura, las leyendas, la poesía y el imaginario celtas, cada uno en su nivel.

¡Estos autores son los dignos sucesores de Taliesin!

La escritura no es el único medio de transmisión de la cultura celta. La música y la danza viajan de un continente a otro con inmenso éxito y gran reconocimiento, hasta el punto de que la música celta marca su especificidad en el seno de la música internacional y es reconocida y apreciada por su calidad, profundidad y originalidad.

Si un Théodore Botrel, muy controvertido, nos deja «La Paimpolaise», un auténtico bardo como Glenmor explora la canción y la música bretonas en pocas décadas y le da una dimensión de protesta, difícil de soportar para el Estado francés.

> [...] difundir a Glenmor en las ondas nacionales es una posición política condenada por la Constitución.
> (Circular del Ministerio de Información en los años setenta)

Glenmor, Émile Le Scanff para el registro civil, fue un defensor lúcido y feroz de la cultura y la identidad bretonas, maltratadas por una república decidida a frenar los impulsos regionalistas, por no decir independentistas.

> Equivocarse es, a menudo, ser el único que tiene la razón contra todo el mundo.

O también:

> ¿En nombre de qué tipo de democracia debo asistir impotente a la muerte de una lengua y una cultura?

Estas palabras del bardo, en el último caso dirigidas al presidente Giscard d'Estaing, siguen siendo actuales frente a una globalización —no sólo económica— que pretende igualar las identidades culturales para fundirlas en un molde uniforme, más fácil de controlar. Cantante, músico, escritor y poeta, Glenmor, cuyo nombre significa «tierra-mar», falleció en Quimperlé (Finistère) a la edad de sesenta y cuatro años.

Con su rostro de druida obstinado, dispuesto a revelar las injusticias e incoherencias de un sistema democrático perverso, Glenmor devolvió un sentimiento nacionalista y patriótico a unos bretones despreciados y considerados, en aquella época, unos retrasados, unos paletos incultos y subdesarrollados. Para Glenmor, la canción era un arma política.

Fue objeto de censura en la televisión y la radio francesas, lo que no le impidió actuar en los años setenta en todos los escenarios de Europa, a veces junto a Léo Ferré.

Es indiscutible que Glenmor abrió paso a los grandes músicos bretones que le seguirían, de Alan Stivell a Dan ar Braz, pasando por Roland Becker, Melaine Favennec y Gilles Servat.

Desde entonces, las ideas, la música, la cultura y los cantos bretones afluyen a Francia y al mundo. Sólo podemos lamentar hasta qué punto los falsos intelectuales ignoran a Glenmor y sus ideas... Grandes festivales difundidos por televisión reúnen en Lorient, Quimper y Guérande a miles de espectadores que acuden a apreciar las danzas y músicas tradicionales. Son animados por los círculos célticos y los Bagadou.

El *rock* adaptado a los acordes celtobretones obtiene un gran éxito e incluso el *rap* halla su lugar en el seno de esta música a la vez tradicional y moderna.

Las *festou-noz* (fiestas nocturnas) siguen siendo apreciadas por todas las generaciones reunidas en torno a danzas populares, que no dejan de acompasar la vida de los bretones y de los turistas, que también aprecian la fiesta.

Los festivales de música celta se imponen en todo el mundo. Incluso en Montreal, Canadá, se celebra una gran concentración cada año en agosto que reúne a galeses, bretones, escoceses, gallegos y, por supuesto, irlandeses en una inmensa fiesta popular. Artistas como Carlos Núñez, Loreena McKennitt y Lords of the Dance atraen a multitudes en cada concierto, espectáculo o representación en los cinco continentes.

Para mayor justicia, Francia también se ve invadida por la ola celta. El Estadio de Francia acoge cada año una monstruosa «Noche celta», en que artistas de todas las regiones que componen la gran Celtia hechizan a los miles de espectadores que acuden a sumergirse en este ambiente distinto de todos los demás.

El estadio de la Beaujoire, en Nantes, ha retomado la idea y ha ofrecido en el año 2004 una fiesta celta que se anunciaba como el acontecimiento del año en Bretaña.

No podemos dejar de constatar que la cultura celta supera las fronteras de las ocho regiones que componen Celtia. Este reconocimiento debería reforzar los derechos de los celtas, cosa que está lejos de ocurrir. Escocia acaba de recuperar algunos derechos, Irlanda permanece parcialmente ocupada por los ingleses, y no hablemos de Bretaña, donde se imparten con frecuencia cursos de música y danza de otros continentes, mientras que las costumbres y danzas tradicionales son despreciadas por los animadores de centros socioculturales donde la segregación y el racismo se señalan con el dedo. Me pregunto si la segregación tiene un solo sentido.

Las escuelas de lengua bretona *Diwan* son cada vez más desautorizadas por las autoridades, y la televisión, llamada regional, disminuye sus emisiones en bretón y las retira en la zona de Loire-Atlantique.

¡Nadie es profeta en su tierra!

A pesar de todo, es posible comprobar el gran atractivo que posee la cultura celta, lo que le augura un buen futuro, pese a algunos inconvenientes que deberán superarse a largo plazo. Esta cultura milenaria ha conocido otros escollos que no por ello han impedido su existencia.

La *Gwenn ha Du*, la bandera bretona diseñada por el druida Morvan Marchal (1900-1963), arquitecto y cofundador del movimiento *Breizh Atao*, Bretaña Eterna, no ha dejado de ondear, y la historia misteriosa de los celtas no ha llegado a su fin. Y en eso consiste también la gran historia de los celtas, en luchar por preservar su identidad cuando se ve amenazada.

TV BREIZH

Bretaña, como toda la gran Celtia, entra de pleno derecho en el tercer milenio después de Cristo, dotada de los medios modernos para difundir su cultura y la cultura celta de forma general. Bretaña es la primera región de Francia en número de editoriales (recordemos que el libro es un medio de transmisión insoslayable). La radio también cumple una función importante en esta misión, pero Internet y la televisión dan una dimensión inmediatamente internacional a la identidad celta y bretona. Son muchas las páginas web que promueven Bretaña y al menos tres cadenas de televisión difunden su cultura en el continente. M6, la cadena musical y de información general, ofrece «desconexiones» regionales para las ediciones de Nantes y Rennes. Sin embargo, France 3, una cadena estatal de vocación regional, ha abandonado su misión desde hace algún tiempo, ya no emite en lengua bretona en Loire-Atlantique y ha disminuido el número de programas emitidos en bretón en el resto del territorio de Bretaña. Esta política está muy mal vista por los bretones de los cinco departamentos.

No obstante, gracias a una iniciativa privada de D. François Pinault, industrial bretón, un nuevo canal de información general favorece a la cultura celta. En efecto, el 1 de septiembre de 2000 TV Breizh, primera cadena de información general regional bilingüe en Europa, comenzaba a emitir en digital desde Lorient, en el corazón de Bretaña.

Según su director gerente, Patrick Le Lay, TV Breizh es, ante todo, la cadena de los bretones, tanto si viven en los cinco departamentos de Bretaña, como si lo hacen en la región parisina o en otras zonas de Europa.

TV Breizh habla a los bretones de Bretaña, de su actualidad, de sus problemas, de sus aspiraciones, de sus sueños, de su historia y de su cultura.

La cadena nutre una ambición cultural europea, la de dedicarse al desarrollo de la cultura céltica, riqueza de las poblaciones del extremo occidental europeo: Escocia, Irlanda, Gales, Bretaña y Galicia, cultura que desde hace siglos ha sido aplastada u ocultada por el peso de las civilizaciones grecorromanas o sajonas y que, sin embargo, ha sobrevivido como prueba de su fuerza y vitalidad. TV Breizh es una cadena de apertura que pretende dialogar de forma permanente con todas las culturas minoritarias que forman la riqueza del continente europeo y del mundo mediterráneo.

TV Breizh es una cadena moderna, joven, abierta a la vida, la cultura y la música. Permite al conjunto de los testigos de la sociedad civil, política y cultural hablar con toda libertad de Bretaña o de la cultura céltica, acogiendo todas las tendencias que caracterizan la opinión bretona desde el respeto de las convicciones de cada cual y al margen de cualquier extremismo.

Esta cadena de televisión quiere dar de Bretaña la imagen de lo que es: un país moderno, dinámico, trabajador y abierto al mundo. Un país de tierra y mar. Un país donde toda realidad se inscribe en un componente de sueño o mito.

TV Breizh es bilingüe. Emite en francés, por supuesto, lengua de relación de todos los bretones, pero también en bretón, lo más posible. El mantenimiento, difusión y enriquecimiento de la lengua bretona, lejos de ser un anacronismo, es un deber para todo bretón. Así, TV Breizh constituye un medio adicional de difusión y aprendizaje de una lengua bretona moderna y real en la línea del movimiento emprendido hace ya unos cuantos años por un gran número de sus defensores.

LA RENOVACIÓN DE LA CULTURA BRETONA

Bretaña es una región céltica donde el sentimiento de pertenencia a una cultura común y específica ha sido siempre muy intenso. Podemos dar algunas pruebas de ello.

La música bretona y la música céltica han experimentado en los últimos años una notable renovación: las tiendas de discos están llenas de CD de decenas de estos grupos y cantantes, florecen los conciertos en Bretaña y fuera de allí, el Festival Intercéltico de Lorient reúne en verano a más de 600.000 personas...

Las clases nocturnas de bretón nunca han contado con tantos alumnos. Por otra parte, las escuelas *Diwan* (escuelas asociativas que enseñan en lengua bretona) y las escuelas bilingües públicas y privadas experimentan un considerable auge.

Por último, numerosos personajes del mundo económico se movilizan a favor de Bretaña y su desarrollo.

Celtia y Bretaña se dan a conocer en todo el mundo. Su cultura resulta muy apreciada.

NUEVOS HÉROES

Para poder relatar epopeyas algún día, se requiere una participación activa de personas poco comunes. Sus hazañas hacen soñar a otras personas, a las que incitan a superarse para alcanzar los confines desconocidos en que las emociones generan la grandeza del individuo. El grial está allí, en el horizonte, al borde de la Vía Láctea...

Los dioses celtas tuvieron a sus héroes y sus émulos. Desde Bran el Navegante o Lug el Brillante, hijo de las estrellas, nuestra época nos ofrece las hazañas de dos nuevos héroes inspirados por los primeros. Uno navega por el espacio, Jean-Loup Chrétien; el otro, por mares y océanos, Éric Tabarly. Estos dos hombres han encarnado a los héroes de antaño y serán recordados por haber escrito páginas hermosas de la gran historia de los celtas.

JEAN-LOUP CHRÉTIEN

Nació en 1938. Militar, piloto de caza y de pruebas, fue astronauta del CNES (Centro Nacional de Estudios Espaciales, en Francia) de 1980 a 1999, y de la NASA, de 1999 a 2001. Efectuó tres vuelos espaciales.

De 1991 a 1998, fue director de los astronautas del CNES.

Participó en el grupo de trabajo sobre la estación espacial internacional en el centro de la NASA en Houston (Texas, Estados Unidos) y ocupó el cargo de director adjunto del grupo ISS Expedition Corps. Unos meses después de reanudar su entrenamiento con vistas a una misión a bordo del ISS, fue víctima de un accidente y se vio obligado a poner fin a sus actividades de astronauta.

MISIÓN *PVH*

Jean-Loup Chrétien siguió un entrenamiento de dos años en la Ciudad de las Estrellas, en la Unión Soviética, para preparar la misión franco-soviética PVH (primer vuelo habitado). Efectuó ciento ochenta y nueve horas de vuelo a bordo de la nave *Soyuz T6* y de la estación *Saliut 7* del 25 de junio al 2 de julio de 1982, como ingeniero de a bordo de una tripulación compuesta por Vladimir Djanibekov y Alexandre Ivanchenkov. Realizó nueve experimentos científicos en los campos de la medicina, la biología, la astronomía y la química de los materiales en el espacio.

En 1984 y 1985, participó en un entrenamiento realizado en Houston para la misión 51-G CNES-NASA «Ciencias de la Vida», como suplente de Patrick Baudry.

MISIÓN *ARAGATZ*

Efectuó un segundo vuelo espacial del 26 de noviembre al 21 de diciembre de 1988, tras una nueva estancia de entrenamiento de dos años en la Ciudad de las Estrellas, durante la misión científica y técnica franco-soviética Aragatz.

Durante esta misión permaneció a bordo de la nave *Soyuz TM7* (ida) en compañía de Alexandre Volkov, comandante de a bordo, y del ingeniero de a bordo Serge Krikaliev; y a bordo de la estación espacial *Mir*, donde se efectuaron nueve experimentos científicos y técnicos; así como de la nave *Soyuz TM6* (vuelta) en compañía de Vladimir Titov y Moussa Manarov, poseedores del récord de duración de vida en órbita (trescientos sesenta y cinco días).

El 9 de diciembre de 1988, efectuó en compañía de Alexandre Volkov una salida de la nave de seis horas que le otorgó el récord hasta el 17 de julio de 1990.

Misión *STS-86*

Del 25 de septiembre al 5 de octubre de 1997, participó como especialista de misión en el vuelo NASA STS-86 a bordo de la lanzadera norteamericana *Atlantis* con amarre en la estación orbital *Mir*, en la que permaneció cuatro días.

Fue oficial adjunto en jefe de la División de la Defensa Aérea del Sudeste de 1977 a 1980.

Sumó más de seis mil horas de vuelo en numerosos tipos de avión.

Jean-Loup Chrétien abandonó la NASA en agosto de 2001. Trabaja para una empresa subcontratista del material electrónico para la agencia espacial norteamericana en Houston, donde ocupa el cargo de vicepresidente de investigación y desarrollo, y se encarga de forma particular de efectuar el seguimiento de las aplicaciones industriales de una patente en la NASA. También ha sido asesor de las actividades espaciales del presidente de Dassault.

Es miembro de la Academia Francesa del Aire y el Espacio, de la Asociación de Exploradores del Espacio, de la Asociación de Astronautas Europeos y de la International Academy of Aeronautics.

También es oficial de la Legión de Honor, caballero de la Orden Nacional del Mérito y Héroe de la Unión Soviética, y ha sido condecorado con la medalla de la Aeronáutica.

Jean-Loup Chrétien fue elegido bretón del año 1997 por *Armor Magazine*, publicación mensual de Bretaña. Este bretón no olvida nunca dónde están sus raíces: en Ploujean, cerca de Morlaix.

Este navegante de un nuevo tipo sólo ha puesto alas a sus barcos...

Éric Tabarly

Nació el 24 de julio de 1931 en Nantes. Es el navegante con mayor talento de la época actual, y la navegación deportiva y de recreo se lo debe todo. En lo que respecta al arte de navegar y a la tecnología naval, Tabarly ha sido un genio inspirado, creador de sueños, realizador de hazañas, formador de marinos, genial inventor de revolucionarios barcos basados en un concepto híbrido, sabia mezcla de barco y aeroplano, ¡el hidróptero!

Este celta errante regresaba siempre a su puerto de amarre, Bénodet, donde tenía su casa, su familia y sus amigos. Fue uno de los navegantes más respetados y admirados del mundo.

Descubrió la vela a la edad de tres años a bordo de *Annie*, el barco de la familia. En 1938, su padre, Guy Tabarly, adquirió el famoso *Pen-Duick*, «paro de cabeza negra» en bretón. Este barco marcaría toda su vida e incluso más allá...

El comandante Éric Tabarly diseñó e inventó una larga serie de barcos que, con sus numerosas victorias, entraron en la leyenda. Precursor en numerosos ámbitos, en particular en la investigación arquitectónica, contribuyó en gran medida al desarrollo mundial de la navegación de recreo.

Sorprendió a todo el mundo al tomar la salida en la célebre Transat inglesa en 1964, a bordo del *Pen-Duick-II*, un *ketch* de 13,60 m, difícil de maniobrar en solitario. Sin embargo, contra toda expectativa, venció en Newport, ante el favorito Sir Francis Chichester. Salió en portada de los periódicos del mundo entero, y en Francia Éric Tabarly se convirtió en un héroe nacional.

El marino bretón, poco aficionado a las palabras inútiles, persiguió su sueño, ávido de descubrimientos y novedades.

Han sido muchos los *skippers* formados por él: Alain Colas, Olivier de Kersauson, Titouan Lamazou, Philippe Poupon, Marc Pajot, Jean Le Cam, Michel Desjoyeaux, etc.

Frente a las costas de Gales, en plena noche, con un viento de fuerza 6 y olas de tres metros, cayó al agua golpeado por el cangrejo, en un balanceo. Sus compañeros lanzaron una boya al mar, pero fue en vano. El mar que tanto amaba se lo llevó la noche del 13 de junio de 1998, a los sesenta y seis años, en el mar de Irlanda, cuando escoltaba el *Pen-Duick*, el velero de su infancia. Se cierra el ciclo del Ouroboros.

Sus victorias

1997 - Vencedor en *Aquitaine-Innovations*.
　　Vencedor del Fasnet.
　　Vencedor de la Transat Jacques-Vabre.
　　1994 - Vencedor en *La Poste*.

1987 - *Skipper* de las tres últimas etapas de la Whitbread en *Côte-d'Or*.
1984 – 2.º de la Transat Le Point-Europe 1 en *Paul-Ricard*.
1980 - 3.º de la Transat en solitario en *Paul-Ricard*.
Récord de la travesía del Atlántico en *Paul-Ricard*.
1972 - Vencedor de la Transat en solitario en *Pen-Duick-III*.
1971 - Vencedor de la TransPac en *Pen-Duick-III*.
Vencedor de Falmouth-Gibraltar.
1969 - Vencedor de la Middle Sea Race en *Pen-Duick-V*.
1967 - Vencedor de San Francisco-Tokyo en *Pen-Duick-III*.
Vencedor de la Vuelta de Gotland.
Vencedor de la Channel Race, del Fasnet.
Vencedor Sidney-Hobart.
Campeón del RORC en clase 1.
1966 - Vencedor de la carrera Oyster Bay-Newport.
1964 - Vencedor de la Transat en solitario en *Pen-Duick-II*.

Jean-Loup Chrétien y Éric Tabarly son los dignos herederos de los valerosos héroes celtas de los tiempos pasados. Unos versos procedentes del *Barzaz Breizh* les rinden un homenaje muy especial. Esto es lo que puede leerse en *Le Temps passé*:

> Pronto mis ojos no verán más que el mar que tiembla debajo de mí, que bota, que se entreabre, y que, cuando pienso que todo ha terminado para mí, y que estoy al fondo del abismo, me lanza hacia el cielo...

Países

Seis países componen Celtia. Los celtas, que nunca crearon un imperio en su época de más poder, nunca fueron verdaderamente asimilados, ni por los romanos, ni por los sajones, francos, burgundios o godos. Replegados en sus tierras, mascarones de proa de la nave europea, supieron conservar sus lenguas, costumbres e identidades.

Sus lenguas se dividen en dos ramas: el gaélico, que dio origen al irlandés, al escocés y al manés, y el británico, que dio origen al galés, al bretón y al córnico. Podríamos añadir a estos países celtas Galicia y Asturias, dos provincias de España que tienen un indiscutible pasado celta. La identidad cultural de los celtas se basó en estas dos ramas y en estas lenguas.

La Gran Celtia, *Keltia*, mide unos 222.000 km² y cuenta con veinte millones de habitantes, que encontramos en los países enunciados a continuación.

BRETAÑA (*BREIZH* EN BRETÓN)

Este país, con una superficie aproximada de 34.280 km², está habitado por más de cuatro millones de personas. En él se hablan tres lenguas: el bretón, el galo y el francés. Está situado al noroeste de Francia, entre el canal de la Mancha y el océano Atlántico.

Bretaña, reino independiente en el año 851, perdió su autoridad mediante un tratado de unión con Francia en 1532. Conservó cierta autonomía hasta la Revolución, que la dividió en cinco departamentos anexionados a Francia: Côtes d'Armor (22), Finistère (29), Île-et-Vilaine (35), Loire-Atlantique (44) y Morbihan (56).

El gobierno de Vichy separó el departamento de Loire-Atlantique del resto de Bretaña, decisión ratificada por un decreto-ley en 1955. Como anécdota, recordaremos que en los edificios de la República en Loire-Atlantique, en las oficinas de turismo y otros lugares simbólicos flota la *Gwenn ha Du* y no otra bandera.

Hay que decir que, desde el punto de vista puramente comercial, Bretaña es un buen filón, mientras que Pays de la Loire, zona misteriosa que no existe salvo de forma artificial y vergonzosamente costosa, no atraen a la parroquia.

La única verdadera capital bretona es Nantes *(Naoned)*. Más de 3.875 firmas de diputados de los cinco departamentos, de todos los «colores» políticos, transmitidas por el presidente del Comité para la Unidad Administrativa de Bretaña al ministro Patrick Devedjan el 19 de marzo de 2003, favorecerán, sin duda, la causa de esta justa reivindicación, conforme a la ley de descentralización, pero, sobre todo, a la historia y al corazón de los bretones.

La bandera de Bretaña es la *Gwenn ha Du*, blanca y negra, inspirada en la bandera norteamericana, con armiños negros y franjas blancas y negras.[17]

17. Evito utilizar la descripción heráldica para las banderas. Este lenguaje, algo hermético y poco frecuente, sería incomprensible para el lector.

CORNUALLES (*KERNOW* EN CÓRNICO)

Este país, con más de 3.500 km² y menos de 500.000 habitantes, está situado en el extremo sudoeste de Inglaterra. En él se habla el córnico y el inglés. Su capital es Truru.

El país córnico fue anexionado a Inglaterra en 1337.

La bandera está constituida por una cruz blanca sobre fondo de color negro.

ESCOCIA (*ALBA* EN GAÉLICO)

Escocia, situada al norte de Inglaterra, comprende una superficie de 79.000 km² para casi seis millones de habitantes, que hablan el gaélico de Escocia o el escocés *(Gàidhlig)*.

Al norte de este país se halla el reino de los escotos, pueblos procedentes del norte de Irlanda; al nordeste se encuentra el reino de los pictos, que hablaban el antiguo bretón; al sudoeste, el reino bretón de Strathclyde, y al sur, un reino llamado Bernicia. Estos fueron los dos primeros reinos que iniciaron la idea de unión. Escocia fue un país independiente hasta 1603; en 1707 fue anexionado a Inglaterra. No obstante, desde 1999 posee de nuevo cierta autonomía, y las poblaciones expresan de forma mayoritaria su profundo deseo de independencia total.

La capital de Escocia es Edimburgo *(Dùn Eidenn)*.

La bandera está formada por una cruz de San Andrés blanca sobre fondo azul.

IRLANDA (*EIRE* EN IRLANDÉS)

Irlanda abarca 85.000 km² y a algo más de seis millones de habitantes. En ella se habla el gaélico de Irlanda *(gaeilge)*. Anexionada a Inglaterra desde 1175, una parte de la isla es independiente desde 1921, después de sangrientas revueltas; en 1948 nació una república. La parte que aún se halla bajo el yugo inglés conoce numerosos y dramáticos problemas.

La capital de Irlanda es Dublín *(Baile Àtha Cliath)*.

La bandera irlandesa está constituida por tres franjas de color, verde, blanca y naranja.

MANN (*MANNIN* EN MANÉS)

Esta pequeña isla de 572 km² y setenta mil habitantes está situada en el mar de Irlanda. Fue ocupada por los escandinavos y durante mucho tiempo fue objeto de disputas entre ingleses y escoceses.

No está anexionada al Reino Unido, ¡ni tampoco a la Unión Europea!

En Mann se habla el manés, y su capital es Douglas (*Doolish*).

La bandera está formada por tres piernas en triskelo sobre un fondo rojo.

PAÍS DE GALES (*CYMRU* EN GALÉS)

Gales comprende algo menos de 21.000 km² y está habitado por casi tres millones de personas, que hablan el galés (*cymraeg*).

Este país forma parte de la Gran Bretaña habitada por bretones. Hacia el siglo VI adoptaron el nombre de Compatriotas (*Cymry*). Gales está anexionado a Inglaterra desde 1536 mediante un tratado de unión. Y, como Escocia, posee su Parlamento desde 1999, así como cierta autonomía.

La capital de Gales es Cardiff (*Caerdydd*).

¡El dragón rojo! Suelo verde, un cielo blanco y un dragón rojo en pleno centro. Así es la bandera de Gales.

Estas tierras poseen una historia, ritos y tradiciones comunes. Sus respectivas banderas se hallan reunidas en una sola, la bandera de Celtia. A veces se propone otra, compuesta por un doble triskelo amarillo sobre fondo verde. En realidad, no existe una auténtica bandera intercéltica.

Conclusión

Aún falta escribir grandes y bellas historias que añadir al crédito de los celtas, repartidos en todo el planeta, ya que son así, siempre atraídos por los caminos, componiendo una formidable diáspora distribuida en los cinco continentes.

Los celtas, artistas, cantantes, músicos, narradores, pintores, poetas, sabios, navegantes, científicos, industriales y escritores, lo tocan todo y viven la vida de forma intensa, como aventureros insatisfechos, siempre en busca de novedades, de nuevos horizontes. Los pueblos celtas de nuestro tiempo cumplen una importante función en la evolución humana.

Sin embargo, lo queramos o no, siempre hacen referencia a los mitos pasados, a los héroes difuntos cuyo ejemplo siguen para obtener beneficio. Los druidas tenían la función de conservar y transmitir la tradición, y podría creerse que sin ellos se fundiría en una vasta amalgama de culturas. Pero este temor carece de fundamento. Los druidas continúan presentes, desde hace milenios. Su constancia impone el respeto, pues ninguna religión ni filosofía pueden tener esta pretensión.

Hoy en día hay obediencias druídicas, aún más que en los orígenes. No todas son brillantes y existen muchas rivalidades, normales cuando las filiaciones e iniciaciones son dudosas. En efecto, no basta llevar un sayo blanco y un *tribann* para ser druida. La filiación a través de clanes, más acorde con la herencia tradicional, perpetúa la enseñanza de los ritos. Nada se pierde.

Hay druidas en todos los estamentos de la sociedad; algunos no ocultan su sacerdocio, como el cantante Gilles Servat, que declara ser druida en el seno de la Gorsedd de Bretaña, de la que G. Le Scouëzec es Gran Druida elegido.

Los auténticos druidas no rehuyen sus responsabilidades, asumen su misión con discreción, sin proselitismo furioso e indecente.

Las enseñanzas druídicas, adaptadas a las circunstancias y a los imperativos de cada época, siguen propagándose sin ningún complejo, y habrá que contar con los druidas para los grandes cambios que deberá afrontar la humanidad en las próximas décadas. Su sensatez y sabiduría serán puntos de referencia fundamentales.

En los años sesenta del siglo XX, vivió una bretona de Ouessant instalada en la isla de Mann. Era gran sacerdotisa de una antigua religión consagrada al dios cornudo, el gran Kernunos, pronto acusado de ser el diablo. Así, nada de brujos ni brujas, sino adeptos de la Wicca, que dio *wise*, la «sabiduría». Las ceremonias de la Wicca, practicadas en la isla de Mann por nuestra bretona, correspondían por completo a las descritas en la Edad Media, la gran época de la caza de brujas. La prueba está ahí: la Santa Inquisición perseguía sobre todo a las personas que practicaban, reivindicaban y transmitían la antigua religión pagana. La Iglesia no luchaba contra el diablo y sus satélites, sino contra los druidas, druidesas y sus discípulos. A pesar de aquella matanza, lo esencial se salvó y continúa enseñándose.

Así pues, los celtas de todos los países están preparados para afrontar todas las revoluciones, culturales, tecnológicas, filosóficas...

¿Es posible dar una definición de lo que es un celta? Ni por un instante pretendo tener una respuesta, pero en una ocasión formulé esta misma pregunta a Jean Markale, durante un reportaje que efectuaba para la revista *Le Nouvel Ouest*, hoy ausente de los quioscos, con motivo de la publicación de su primera novela: *Notre-Dame de la Nuit*.[18] Reproducimos un fragmento de esta entrevista, publicada en *Le Nouvel Ouest* el 13 de febrero de 1998:

> —Jean Markale, usted ha acostumbrado al lector a seguirle por los caminos de los celtas, de la misteriosa historia francesa. ¿Cuál es el tema de su novela, *Notre-Dame de la Nuit*?
> —Se trata de una novela policíaca fantástica y contemporánea. La historia se desarrolla en una Bretaña imaginaria, en la que mezclo hechos que me han sucedido y personas de mi entorno, con otros nombres para proteger su intimidad. También es un larguísimo viaje iniciático. Pero, sobre todo, no es una novela regionalista, porque no soy un escritor «bretón», aunque reivindico mi cultura celta.

18. Jean Markale, *Notre-Dame de la Nuit*, Éditions des Presses de la Cité, 1998.

—Los «puros y duros» saltarán ante sus palabras.

—¡Sería una lástima! Mire, me inscribo por completo en el espíritu del Festival Intercéltico de Lorient. Hay una civilización al oeste de Europa... Ser celta no es una raza, es una forma de vivir frente a la naturaleza, de vivir el cristianismo, de estar ante la vida y la muerte. ¡Ser celta es un estado de ánimo! Como puede ver, ello supera de lejos los límites de la península armoricana. De paso, le informo de que mi amigo Pierre Jakez Hélias tenía también esta concepción, aunque luchó por el reconocimiento de Bretaña, su Bretaña...

¿Qué mejor definición de los celtas que la propuesta por Jean Markale? La palabra *celta* tiene un origen confuso; se le atribuyen etimologías contradictorias e incoherentes. Los propios celtas se han esforzado por contribuir al misterio de sus verdaderos orígenes.

Poco importa ahora de dónde provienen; lo esencial es comprender que continúan ahí y que hay que contar con ellos, que siempre serán aliados y promotores de un futuro en el que el hombre ocupará su lugar, en el respeto de su cultura, de sus creencias y de su entorno. También habrá que contar con ellos para evitar el peligro de una amalgama cultural y cultural que daría lugar a la asimilación y, así, a la desaparición de las particularidades que, no sólo componen la riqueza de los seres humanos, sino que, además, los vinculan desde hace mucho a unos orígenes que tal vez algún día debamos afrontar.

La gran historia misteriosa de los celtas está aún en sus inicios.

BIBLIOGRAFÍA

ANGÈLE, B.: *Chemin d'étoiles et sabots d'arain*, Éditions A.L.T.E.S.S., París, 2003.

COARER-KALONDAN, E. y DANA, G.: *Les Celtes et les Extraterrestres*, Marabout, 1973.

JANIN, J.: *La Bretagne, histoire, paysages, monuments*, Ernest Bourdin éditeur, 1862.

LE ROUX, F. y GUYONVARC'H, C. J.: *Les Druides*, Éditions Ouest-France, 1986.

LE SCOUËZEC, G.: *Arthur, roi des Bretons d'Armorique*, Le Manoir du Tertre, 1998.

LOONOIS, G. de, *O.B.V.: Ouverture en baie des vivants*, Liv'Éditions, 1995.

MARKALE, J.: *Le Mont-Saint-Michel et l'énigme du dragon*, Éditions du Pygmalion - G. Watelet, 1987.

—*La Grande Épopée des Celtes*, Éditions du Pygmalion - G. Watelet, 1998.

MAUDUIT, J. A.: *L'Épopée des Celtes*, Robert Laffont, 1973.

RAOULT, M.: *Les Druides*, Éditions du Rocher, 1996.

ROBERT DANTEC, M. S.: *La Porte est en dedans*, Éditions Beltan, 1991.

www.cnes.fr/activites/micropesanteur/astronautes/astronautes_français/1Chretien.htm

Para ponerse en contacto con el autor: http://alecossois.free.fr

www.ingramcontent.com/pod-product-compliance
Lightning Source LLC
Chambersburg PA
CBHW080720020726
47502CB00009B/2490